Das Schreiben Franz Hohlers ist immer auch ein Reisen. Nicht selten entsteht es unterwegs, an Bahnhöfen oder Flughäfen, im Gehen oder Warten. »Fahrplanmäßiger Aufenthalt« versammelt die neueste Kurzprosa dieses großen Meisters der kleinen Form. Die Erzählungen führen in die Ferne, nach Sarajevo, Kenia, Odessa oder auf den Maidan nach Kiew. Sie führen aber auch in einen Wartesaal am Bahnhof Schwäbisch Hall oder zur Birke vor dem eigenen Haus. Brillant beiläufig und pointiert öffnen sie die Fenster in die Wirklichkeit – die fremde wie die eigene, oder gleiten unvermutet ins Fantastische. Sie erzählen davon, was sich in unserer immer kleiner werdenden Welt entdecken lässt, wenn man nur genau hinsieht.

FRANZ HOHLER wurde 1943 in Biel, Schweiz, geboren. Er lebt heute in Zürich und gilt als einer der bedeutendsten Erzähler seines Landes. Franz Hohler ist mit vielen Preisen ausgezeichnet worden, u. a. mit dem Kasseler Literaturpreis für grotesken Humor 2002, dem Kunstpreis der Stadt Zürich 2005, dem Solothurner Literaturpreis 2013, dem Alice-Salomon-Preis sowie dem Johann-Peter-Hebel-Preis 2014.

Franz Hohler

Fahrplanmäßiger Aufenthalt

btb

Nach Europa

»Du musst ein Stück der Passstraße nach, und dann bei der Waldhütte rechts abbiegen«, sagt dir der bärtige Mann mit dem Hund an der Endstation des Postautos, nachdem du gefragt hast, wo es hier zum Bergsee geht. Du tust, wie er dich geheißen hat, steigst dann einen Fahrweg zu einem Maiensäss hinauf, der einmal durch einen alten Tunnel führt, nach dem Maiensäss wird der Pfad schmaler, ein Wanderweg, der über ein Band am Fuß einer schier endlosen Felswand führt, mit grandiosen Ausblicken in die Tiefe des Bergtals, aus dem du gekommen bist, oft fällt auch neben dem Pfad eine Felswand ab, und du hältst dich, mit Schwindel kämpfend, mit der linken Hand an einem fixen Seil, siehst vor dir eine Bergkette, über die langsam Gewölk aufzieht, gelangst endlich zum Ende der Felswand und steigst nun eine Schneise hoch mit uralten hohen Fichten, deren Wurzeln und Stämme mit Moos und Flechten überzogen sind, dazwischen wächst üppiges Gras, und du hörst auf einmal Glocken bimmeln, da muss also eine Alp in der Nähe sein, und einzelne Waldkühe drehen ihre Köpfe nach dir um, du blickst auf die Uhr und siehst, dass du vor kaum vier Stunden noch in der Stadt warst, im Morgengewühl eines Hauptbahnhofs, wirst dir auch bewusst, dass du seit dem bärtigen Mann mit dem Hund niemanden mehr gesehen hast, und denkst mit einem plötzlichen Glücksgefühl, das ist die Schweiz, das ist die Schweiz, steigst höher und höher, ohne die Alp zu erblicken, zu der die weidenden Kühe gehören, und stehst schließlich am einsamen Bergsee, über dem ein Nebel liegt, der das andere Ufer verhüllt, in Erwartung der Stille, die dir als Lohn für deine Wanderung zusteht, doch die wird gestört vom Knattern eines Motors und von wirren Rufen, und langsam taucht ein Schlauchboot auf, übervoll mit dunkelhäutigen Menschen, die dich ungläubig und hilfesuchend anschauen und mit den Händen fuchteln, von Strapazen gezeichnet, am Bug steht ein Mann in einem langen, weißen Gewand, wirft dir, als das Gefährt näherkommt, ein Seil zu, und du kannst nicht anders, als es mit beiden Händen zu packen, und du ziehst das schwer beladene Boot an Land, an dein Land, das mitten in Europa liegt.

Fahrplanmäßiger Aufenthalt

Ich sitze im Zug von Nürnberg nach Stuttgart. Er wird als »Regio-Express« geführt, hält aber bereits in Nürnberg Stein, dann an verschiedenen kleinen Bahnhöfen wie Dombühl, Schnelldorf, Eckartshausen–Ilshofen; und in Schwäbisch Hall–Hessental, wo er um 10 Uhr eintrifft, kündigt die Durchsage einen fahrplanmäßigen Halt bis 10.14 Uhr an. Da es im Zug weder ein Bistro-Abteil noch einen Minibarwagen gibt, steige ich aus und gehe durch die Unterführung zum Bahnhofgebäude, in der Hoffnung, dort zu einem heißen Tee zu kommen. Aber es gibt keine Bahnhofsgaststätte, nur einen leeren Wartesaal, und am Kiosk neben dem Bahnhof sind die Rollläden heruntergelassen, und wohl nicht erst seit gestern.

Eine kleine Tafel macht darauf aufmerksam, dass von diesem Bahnhof 1945 die KZ-Häftlinge von Hessental auf den Todesmarsch nach Dachau geschickt wurden; zur Gedenkstätte sei es 250 m, Pfeil nach rechts.

Von diesem Konzentrationslager habe ich noch nie etwas gehört. Die Zeit sollte reichen, denke ich, und folge dem Pfeil, und schon bald bin ich auf dem Gelände, auf dem früher Baracken standen, lese, dass hier ab 1944 etwa

800 Menschen untergebracht waren, die als Arbeitssklaven in einer nahen Flugzeugfabrik eingesetzt wurden. In einigen Rahmen sind Transparente mit Fotos von jungen Männern gespannt mit der Aufschrift: Im Lager Hessental war ich 22 Jahre alt, oder 25, oder 19. Ihre freundlichen, hoffnungsvollen Gesichter sind schwer erträglich. 182 von ihnen kamen während ihrer Gefangenschaft ums Leben, viele sind später auf dem grausamen Marsch gestorben. Jeder hat eine Stele mit seinem Namen bekommen, alle Stelen stehen in einer Gruppe beisammen, als wollten sie sich gegenseitig schützen. Wieso hat ihnen niemand geholfen? Hat ihnen niemand einen Tee gebracht? Wo hatten sich Mitleid und Menschenliebe verkrochen in dieser Zeit?

Als ich merke, dass es 10 nach 10 geworden ist, überquere ich verbotenerweise die Gleise, um auf den Bahnsteig zu gelangen, an dem mein Zug wartet, gehe mit schnellen Schritten bis zu meinem Wagen, den ich gerade noch erreiche, bevor sich der Regio-Express in Bewegung setzt und Hessental verlässt.

Rasches Altern

Ich möchte mein Konto bei einer Großbank auflösen und stelle mich in die Reihe vor dem Schalter. Als ich drankomme, gebe ich der jungen Frau mein Anliegen bekannt, das sie nickend zur Kenntnis nimmt, mit leichtem Bedauern, wie mir scheint, oder sogar mit etwas Mitleid, denn wie kann man auf ein Konto bei so einer erstklassigen Bank verzichten. Ich schiebe ihr mein Kärtchen über den Tresen, zusammen mit meiner Identitätskarte, und sie tippt meine Personalien in den Computer ein, fragt mich, ob die Adresse noch stimme, was ich bejahe, dann nimmt sie meine Identitätskarte in die Hand, schaut mich prüfend an und fragt mich, ob mein Geburtsdatum stimme.

»Sicher«, antworte ich, »warum?«

Bei ihr stehe ein anderes.

»Was für eines?«

Sie lächelt ein bisschen verlegen, blickt nochmals auf ihren Bildschirm und rückt dann mit meinem wahren Alter heraus:

»1. 1. 1901.«

Dann sei ich aber noch erstaunlich fit, sage ich, und als sie das richtige Datum eingetragen hat und ich das Formular unterschrieben habe und mit dem Restbetrag, der auf dem Konto noch vorhanden war, die Bank verlasse, sehe ich beim Aufstoßen der Glastür mein etwas verzittertes Spiegelbild und trete aufatmend hinaus, dankbar, dass ich mit meinen 116 Jahren immer noch furchtlos die Straße auf dem Fußgängerstreifen überqueren kann.

Passkontrolle

In der Schlange vor der Passkontrolle am Moskauer Flughafen stand vor mir ein Paar, eine große Frau mit einem kleinen Kind auf dem Arm, und ein noch größerer Mann, ein Hüne, und als wir näher zum Schalter vorrückten, küsste der Mann seine Frau auf die Stirn und das Kind ebenfalls. Dann trat sie aus der Reihe aus, der Mann ging zum Schalter und drehte sich etwas ab, und ich sah auch, warum. Er, der Hüne, fuhr sich mit der Hand immer wieder über die Augen, auch über Wangen und Mund, um sich etwas wegzuwischen, und was es wegzuwischen gab, waren seine Gefühle, und er wollte nicht, dass seine Frau sie sah, seine Frau, die angespannt wartete, ob er sich nochmals umdrehe, damit sie ihm ein letztes Mal winken könnte, aber der Hüne ging mit schwerem Schritt vom Schalter weg und verschwand in der Abflughalle, ohne ein einziges Mal zurückzublicken.

Daniil

ein Besuch

»Ulica Nekrassow«? frage ich einen großen Mann mit einer dunkelblauen Wollmütze. Er schüttelt ratlos den Kopf. Ich überquere mit meiner Frau die Majakowski-Straße, weil ich auf der andern Seite der Kreuzung ein Straßenschild sehe. Der Mann mit der blauen Wollmütze kommt zurück und sagt uns mit den Händen, Nekrassow sei weiter vorn, geradeaus.

Majakowski, Nekrassow, lauter Dichterstraßen. Da ist sie, die gesuchte, aber keine Tafel am Eckhaus, dass hier Daniil Charms gewohnt habe. Immerhin, schräg gegenüber, mit »Produkti« angeschrieben, der Lebensmittelladen, in dem er noch eingekauft haben soll.

Ich ziehe meinen Stadtplan hervor, bitte meine Frau, den Schirm zu halten, da es ununterbrochen regnet, und merke, dass ich mich getäuscht habe. Mein Kreislein liegt einen Centimeter weiter hinten, wir sind schon zu weit, kehren wieder um, und nun sehe ich das Graffitibild, das über drei Stockwerke geht und einer Skizze nachgebildet ist, die Charms von sich selbst gemacht hat. Eine Vortreppe führt zur Tür eines Restaurants, vor der eine Frau steht und raucht. »Dom Daniila Charmsa«? frage ich, stolz auf den Genitiv. Sie nickt lächelnd, tritt auch etwas zur Seite, als meine Frau von der andern Straßenseite mit ihrem Handy ein Foto von mir macht, wie ich winzig klein vor dem großen Haus mit dem Charmskopf stehe. Ich liebe seine verzweifelt absurden Kurzgeschichten, die allem zuwider liefen, was seine Zeit verlangte. Heute sind sie Kult. In St. Petersburg werden ganze Abende damit veranstaltet, aber zu Lebzeiten hat er bloß zwei Gedichte veröffentlichen können, wurde kurz vor der Belagerung der Stadt verhaftet, kam ohne Anklage ins Gefängnis und ist dort im Februar 1942, als ganz Petersburg hungerte, gestorben.

Im Gedenkpavillon bei den Massengräbern der Blockade, den wir am Tag zuvor besucht haben, hängen kleine Zettel eines Tagebuchs, das ein zwölfjähriges Mädchen führte. Sie hat jeden Tod in ihrer Familie darin aufgeschrieben. Die letzten drei Sätze heißen:

»Jetzt sind die Sawitschews tot. Alle sind tot. Übrig bleibt nur Tanja.«

Sie könnten von Charms sein.

Importzölle

In der ehemaligen Bally-Bandfabrik in Schönenwerd ist ein Museum untergebracht, in dem die Geschichte der Firma Bally dokumentiert wird und die verschiedensten Webstühle und Schuhfabrikationsmaschinen besichtigt werden können. Ich erinnere mich gut an die Gebäude, mein Großvater arbeitete dort als Webermeister und nahm mich vor etwa sechzig Jahren einmal mit. Ich sehe ihn noch vor mir, wie er zwischen den ratternden Webstühlen, die er beaufsichtigen musste, hin und her geht, wie er mir erklärt, wie Zettel und Einschuss funktionieren und wie ihm die italienischen Arbeiterinnen zulächeln.

Heute werden wir bei einem Klassentreffen durch die Ausstellung geführt.

Der erste Bally, ein eingewanderter Vorarlberger, zog mit einem Kasten voller farbiger Bänder, den er sich auf den Rücken schnallte, im Auftrag des Aarauer Fabrikanten Meyer durch die Schweiz, um dessen Produkte zu verkaufen. Der Kasten mit den Bändermustern ist noch vorhanden, leicht zu tragen war er bestimmt nicht, jedenfalls beschloss der Hausierer bald, stattdessen mit einer eigenen Bandproduktion zu beginnen, war damit erfolgreich, und seine Söhne fuhren mit der fabrikmäßigen Herstellung von Bändern und später von Schuhen fort, die sie auch ins Ausland exportierten.

Als Deutschland gegen Ende des 19. Jahrhunderts hohe Importzölle für Bänder einführte, taten die Brüder Bally das, was man heute noch tut: sie verlegten einen Teil der Produktion ins Ausland. In Säckingen auf der deutschen Seite des Rheins errichteten sie eine Fabrik, in der etwa 1000 Weber und Weberinnen Arbeit fanden. Eine sehr genaue Zeichnung zeigt das ganze immense Fabrikgelände, und während der Museumsführer mit unserer Gruppe langsam weitergeht, bleibe ich vor der Zeichnung stehen.

In dieser Fabrik hat mein Großvater als junger Grenzgänger aus dem Fricktal gearbeitet, und nicht nur er, sondern auch meine Großmutter, und dort lernten sie sich kennen. Ich starre diese Abbildung an, die ich noch nie gesehen habe, und beim Gedanken, dass weder ich noch meine Söhne und unsere Enkelkinder auf dieser Welt wären, hätte Deutschland in der zweiten Hälfte des 19. Jahrhunderts nicht Importzölle auf Bänder erhoben, werde ich von einem leichten Schwindel ergriffen und muss mich einen Moment am Rahmen der Vitrine aufstützen.

»Ist dir nicht gut?« fragt mich ein Schulkamerad.

»Doch, doch«, sage ich, »sehr gut sogar«, und schließe mich der Gruppe wieder an, die gerade bei den frühesten Damenschuhen angelangt ist.

Plötzlicher Kindstod

In der Birke vor unserm Haus singt eine Amsel. Ich kenne sie, ihr Gesang endet häufig mit derselben kleinen Schlussfigur. Wir sitzen auf dem Balkon und trinken zu einem Apero ein Glas Prosecco; danach stehen wir auf, gehen ins Haus hinein und schließen die Balkontür hinter uns. Kaum ist sie zu, knallt es. Ein Vogel ist in das Fenster der Tür geschossen. Ich öffne sie wieder und sehe eine junge Amsel am Boden liegen. Sie flattert noch etwas mit den Flügeln, versucht auf die Beine zu kommen, und aus ihrem Schnabel dringt ein Keuchen, wie ich es von einer Amsel noch nie gehört habe. Ich gehe Handschuhe holen, um den Vogel auf den Sims des Balkons zu legen, falls er von seinen Eltern gesucht würde. Doch als ich herauskomme, ist er schon tot.

Ob das Amselmännchen mit der immer gleichen Schlusswendung der Vater des Jungen ist? Dann hat es den Tod eines seiner Kinder nicht mitbekommen, es jubiliert ungerührt weiter, und nach der Schlussfigur fliegt es auf den Giebel des Nachbardaches.

Ich begrabe das Tier im Garten, dort, wo ich kürzlich eine kleine tote Meise verscharrte. Etwas traurig bin ich, denke dann aber an das, was meine Enkelin beim Anblick einer verendeten Meise seufzend gesagt hatte: »Das gehört halt zur Natur.« Ich weiß, nur hätte vielleicht gerade diese Amsel einmal besonders schön gesungen, mit unerhörten neuen Schlussfiguren.

Enten

Auf dem Bahnhof Wiedikon, wo ich aus der S-Bahn ausgestiegen bin, hupt die Lokomotive dreimal hintereinander heiser in den Tunnel hinein, bevor sie mit dem Zug darin verschwindet. Den Grund dafür sehe ich wenig später. Auf dem entgegenkommenden Gleis hasten zwei junge Entlein aus dem Tunnel heraus. Wie und warum sie da hineingeraten sind, weiß ich nicht, aber sie haben offenbar gemerkt, dass das nicht ihr Ort sein kann, und suchen nun fiepend irgendeinen Ausstieg aus dem vertieften Bahntrassee. Da steht plötzlich auf dem andern Bahnsteig die Entenmutter, die ihre Jungen sucht und abwechselnd schnattert und hohe Laute ausstößt. Aber weder sieht sie ihre Jungen, noch scheinen ihre Jungen sie zu hören. Man möchte der Alten zurufen: »Da vorn sind sie!«, doch sie watschelt in die falsche Richtung.

Eine Frau versucht mit ihrem Handy die Polizei oder die Feuerwehr anzurufen. Gerade erst haben wir schärfere Gesetze gegen den Familiennachzug von Flüchtlingen erlassen, aber das können wir nicht mitansehen, diese kleine Familie müssen wir doch zusammenführen – da naht tonnenschwer ein Zug aus dem Tunnel; das eine Entchen sucht immer noch einen Ausweg zwischen Gleis und Bahnsteigkante, das andere rennt zwischen den Schienen vor der donnernden Gefahr davon. Ich ducke mich, und als der Zug im Bahnhof anhält, sehe ich erleichtert das eine der Jungen immer noch zwischen den Schienen rennen, während das andere immer noch versucht, das Perron zu erklimmen und die Frau immer noch auf der Suche nach Rettern ins Handy spricht und die Entenmutter immer noch auf der falschen Seite am Verzweifeln ist.

Dann muss ich gehen.

Pinguine

Ich habe heute 6 junge Pinguine aufgeräumt, diese grauen, etwas hilflosen Klumpen, die größer sind als ihre Eltern, und die ich von meinem Fotoapparat, in dem sie sich ursprünglich aufhielten, über das Symbol »Digitale Bilder« auf den Bildschirm geschickt hatte. Genau gesagt handelte es sich immer um denselben Pinguin, den ich in verschiedenen Haltungen fotografiert hatte, einmal war er etwas in sich zusammengesunken, als wüsste er nicht, wie er dieses Leben überhaupt bestehen könnte, dann suchte er mit seinem Schnabel nach etwas am Fuß des Ufersteines, dann richtete er sich auf und drehte den Kopf zum Wasser, als hätte ihn von dort jemand gerufen, seine Mutter vielleicht, und zuletzt stand er wieder aufrecht da, von jedem Lebenszweifel befreit, mit etwas zu langen Flügeln für Gegenwart und Zukunft gerüstet, und nachdem ich die Bilder mehrmals angeschaut hatte, um das beste zu ermitteln und die andern in den virtuellen Papierkorb zu schmeißen, beauftragte ich eine Maus, die in meinen Diensten steht, alle Pinguine, die mit den Nummern IMG 5626 bis IMG 5631 versehen waren, in den großen Lagerraum zu bringen, dessen Tür mit einem farbigen Windrad gekennzeichnet ist, damit sie vorderhand dort bleiben können, zusammen mit fünftausend andern durchnummerierten Tieren, Menschen und Sonnenuntergängen.

Allmählichkeitsschäden

Es gibt Wörter, nach denen dreht man sich um.

Kurz, nachdem man sie gelesen hat, denkt man, was war das soeben? In einem Artikel über die Versicherungen für Kunstwerke las ich, dass diese Schäden in den Prämien für den Transport von Bildern oder Skulpturen nicht versichert seien. Klar, habe ich gedacht, da beginnt irgendwann einmal von einem Monet oder Manet die Farbe etwas abzublättern, und das darf man dann nicht einem Transport anlasten, sondern dem Alterungsprozess, und das ist eben ein Allmählichkeitsschaden.

Sind bei mir selbst, habe ich sodann, innehaltend und mich zurücklehnend gedacht, im Lauf der Jahre nicht auch solche Schäden eingetreten? Ich dachte an meine Ablagerungen in den Schultergelenken und in meinem Spinalkanal, auch an die kleinen weißlichen Stellen im Röntgenbild meiner Knie und die damit verbundenen Schmerzsignale, die abnehmende Sehkraft und die zunehmende Müdigkeit am Abend, und auf einmal war ich glücklich, endlich ein Wort gefunden zu haben, das all das auf einen einzigen semantischen Nenner bringt: Allmählichkeitsschäden.

Flucht

Bevor du zum Toten tratst, stahl sich eine kleine weiße Gestalt zum Zimmer hinaus, huschte durch den langen Korridor, verließ das Haus und begann zu rennen.

Es war die Zeit.

Das Ende

Heute haben sie meinen Vater verbrannt. Der Sarg, in dem er lag, wurde mitverbrannt. Was mit dem Ehering geschah, weiß ich nicht, ich habe nicht gefragt.

Seiner Bank habe ich eine Todesfallbescheinigung geschickt, seiner Versicherung ebenfalls, auch der Post, bei der Pensionskasse rief ich an, war aber, da während der Ferienzeit reduzierte Öffnungszeiten gelten, zu spät. Bei der städtischen Verwaltung, von der er eine Rente bezog, war sein Tod schon bekannt. Die Todesanzeigen sind verschickt, hoffentlich haben wir niemanden vergessen. Es sind schon viele Kondolenzbriefe eingetroffen. Das Restaurant für das Leichenmahl ist reserviert. Im Lebenslauf, der bei der Trauerfeier morgen verlesen wird, habe ich noch einen Satz über seinen Bruder eingefügt. Mein Vater war über 101 Jahre alt, als er starb. Als er schon nicht mehr sprechen konnte, konnte er immer noch singen, wir sangen zusammen »Am Brunnen vor dem Tore« und »Die Gedanken sind frei«. Die Lieder waren die letzten Brücken zu seinem Leben.

Ich bin mit 74 Vollwaise geworden.

Leben mit den Toten

Heute bin ich ein Stück die Straße hochgegangen, an der mein Hotel liegt.

Nach ein paar Minuten kam ich an einem großen muslimischen Friedhof mit blendend weißen Grabsteinen vorbei. Auf den meisten stand ein Todesjahr zwischen 1992 und 1996. Weiter oben erlaubt eine Aussichtsplattform einen Blick auf die Stadt hinunter, die sich zwischen den Abhängen am Fluss entlang zieht. Zwischen den Häusern sind immer wieder Friedhöfe ausgespart, wie Stadtviertel, in denen die Toten wohnen.

Später fahre ich mit einer der gelben Straßenbahnen zum Stadtpark. In einem lockeren Halbkreis sind Büsten von verstorbenen Dichtern versammelt, the dead poets society. Einen davon habe ich gekannt, Izet Sarajlić, er schaut mich leicht ironisch durch seine Brillengläser an, und ich grüße ihn. Er war bei seinen Mitbürgern sehr geachtet, denn er blieb während der ganzen Belagerung Sarajevos in der Stadt. Die Sehnsucht nach dem Frieden hat er so beschrieben: »Wir werden wieder ›Die Dame mit dem Hündchen‹ lesen.«

Das kann man schon lange wieder, die Menschen flanieren durch die Gassen der Altstadt, sitzen vor den Cafés und telefonieren mit ihren Handys oder essen Pizza und Burek an einem Imbissstand. Sie bezahlen in einer Währung, die den seltsamen Namen »Konvertible Mark« trägt und mit KM abgekürzt wird. Als ich zum ersten Mal »Margarita 2,5 KM« las, stellte ich mir einen Moment lang eine Pizza von zweieinhalb Kilometern Länge vor, von der laufend einzelne Stücke abgesäbelt werden.

Die Kinder rennen auf dem Platz mit dem alten Brunnen in die Scharen von Tauben hinein und frohlocken und erschrecken zugleich, wenn diese aufflattern. Ihre Eltern fotografieren oder filmen sie dabei.

Den Kindern, die im Krieg getötet wurden, hat man im Stadtpark ein Denkmal errichtet, auf mehreren Säulen stehen alle ihre Namen. Ich breche in einem Beet eine rote Blume ab, lese eine Taubenfeder von der Straße auf und eine Eichel, die mir fast auf den Kopf fiel, und lege sie den toten Kindern hin.

Der Stadtpark ist durchsetzt von uralten namenlosen muslimischen Grabsteinen, die zwischen den Bäumen stehen wie übergroße Pilze. Diese Stadt lebt mit ihren Toten zusammen.

Auf dem Marktplatz, auf dem im Krieg eine Bombe einschlug, sind hinter den bunten Ständen mit Tomaten, Peperoni, Gurken, Trauben, Äpfeln und Bananen auf Tafeln an der Rückwand die über 70 Namen der Menschen aufgeschrieben, die bei diesem gezielten Anschlag ihr Leben verloren.

Beim Literaturtreffen, an dem ich teilnehme, erfahre ich durch ein Gedicht vom Tod eines anderen Poeten, den ich kannte. Auf dem Hinflug war er mir wieder in den Sinn gekommen, und mit schlechtem Gewissen dachte ich, ich hätte für ihn 100 oder 200 Euro mitnehmen sollen, da er sich in chronischer Geldnot befand und mich ab und zu auch um Hilfe angegangen war. Er war ein Außenseiter, Schwärmer, Romantiker und Trinker, und es war das erste Mal, dass mich eine Todesanzeige in einem Gedicht erreichte.

Als ich die große Moschee in der Altstadt betreten will und auf das Gestell mit den ausgezogenen Schuhen zugehe, hält mich ein Aufseher zurück und zeigt auf das Schild, das bekannt gibt, dass Touristen zwischen zwölf und zwei Uhr nicht zugelassen sind. Dafür halten sich drinnen, wie ich durch das Portal sehe, sehr viele Männer zum Gebet auf, knien auch nieder, berühren den Boden mit der Stirn, ebenso auf dem verandaartigen Vorbau der Moschee. Zu meiner Überraschung sind es nicht nur bärtige Männer mit betont gottesfürchtigem Blick, sondern auch normal gekleidete junge, salopp manche, in Jeans, modischen Jacken, die Haare hinten zu Rossschwänzchen gebunden.

Ein Salon bietet »treatments for covered women« an, die im Straßenbild immer häufiger auftauchen und ihre Umgebung nur durch Sehschlitze wahrnehmen, manche haben sogar noch die Augen mit Sonnenbrillen bedeckt.

Die Araber, so hört man, bauen hier nicht nur Moscheen und Bibliotheken, sondern kaufen auch Villen auf den Hügeln rings um Sarajevo, wo statt der Wüstenhitze frische Winde säuseln und wo sie auch auf den Islam nicht verzichten müssen.

Doch auch viele einheimische junge Frauen sind zu sehen, die ihre Kopftücher fast demonstrativ tragen, wie mir scheint.

Als der Serbenführer Ratko Mladić mit seiner Armee in Srebrenica einmarschierte, sagte er, jetzt hätten sie die türkische Festung zurückerobert und nähmen nun Rache an den Muslimen. Und setzte unter den Augen der UNO zum schlimmsten und grausamsten Massaker in Europa seit dem 2. Weltkrieg an. Eine Gruppe von Graphikern und Künstlern hat während des Krieges Plakate und T-Shirts hergestellt, eines davon mit der Aufschrift »UN – united nothing«. Ein Dokumentationszentrum gegenüber der Kathedrale hält den Ablauf der unsäglichen Ereignisse fest, man verlässt es mit dem Gefühl, einen Schlag in den Magen erhalten zu haben. Ich wollte nachher etwas essen gehen, konnte aber nicht.

Und während drei Tagen versuchten wir, die lebenden Dichter, durch eher bescheiden besuchte Lesungen unserer Welt mit Worten beizukommen und nicht zu vergessen, dass auch die Poesie eine Lebensform ist.

Krasnojarsk

Das Kindlein schreit durch die ganze Kirche. Es wird von seiner Mutter nackt über das Taufbecken gehalten, und sein Kopf wird mit einer Kanne Wasser übergossen. Unbeeindruckt lässt der Pope eine zweite Kanne Wasser folgen, das Kind schreit noch lauter, und mit der dritten Kanne und dem dritten, durchdringenden Schrei ist das Kind endgültig zum Christen geworden.

Vor der Kirche sitzt ein Chirurg mit einer Bischofsmütze. Medizinisch muss er seiner Zeit weit voraus gewesen sein, sein Handbuch für Chirurgie soll heute noch benutzt werden, aber als er sich in den Dreißigerjahren weigerte, eine Ikone aus dem Operationssaal zu entfernen, wurde er nach Sibirien verbannt, denn die russisch-orthodoxe Kirche, in der er gleichzeitig das Amt eines Bischofs innehatte, durfte es offiziell nicht geben. Nach seinem Tod wurden so viele Wunder in seinem Namen bezeugt, dass er heilig gesprochen wurde. Auf der Bibel, welche er auf seinen bronzenen Knien trägt, liegt ein erfrorener Lilienstrauß, der gestern noch frisch gewesen sein muss.

Die Kirchen sehen alle so frisch aus. Viele davon wurden während der kommunistischen Zeit zu Lagerhäusern oder Parteizentralen umfunktioniert und sind inzwischen wieder renoviert und – wie heißt wohl das Gegenteil von säkularisiert? – worden.

Die Kirche des heiligen Chirurgen liegt an einer der Hauptstraßen. Eine Tafel zu Beginn der Straße zeigt deren frühere Namen an, die von »Große Straße« bis zu »Stalin Prospekt« reichten. »Prospekt Mira« ist ihr fünfter und vorläufig letzter Name, »Straße des Friedens«.

Sie öffnet sich auf einen Platz mit der Statue des Stadtgründers und dem modernen Philharmoniegebäude. Auf einer Bank sitzen zwei alte Leute und ruhen sich aus, als ob nichts wäre. Es ist aber etwas, nämlich November und 8 Grad unter Null, dazu geht ein beißender Wind. In Sibirien sei das normal, höre ich, man müsse einfach warm genug angezogen sein. Warm angezogen bin ich, trotzdem möchte ich mich nicht im Freien auf eine Bank setzen. Weit weg sind wir hier, sehr weit weg.

Oder doch nicht?

Ein schweizerisches Postauto kreuzt die Friedensstraße. Gelb und heimelig, mit den Wappen von Bern, Fribourg und Solothurn. Es ist keine exotische Nostalgiefahrt, sondern ein regulärer Bus der Linie 36. Die Entfernung zur Schweiz dürfte Luftlinie etwa 9 000 Kilometer betragen.

Im Hotel habe ich gefragt, welcher Bus ins Stadtzentrum fahre, und man gab mir die Nr. 85 an. Ich versicherte mich, dass die Haltestelle tatsächlich in der Nähe war, und wollte zu einer Fahrt ins Zentrum aufbrechen, als ich erfuhr, dass der Veranstalter ein Taxi organisiert hatte, um mit unserer kleinen Gruppe in die Stadt zu fahren. Dort merkte ich mir, wo der Bus Nr. 85 wieder zurückfuhr, ohne dass ich aber mein Wissen anwenden konnte. Ich hätte mich gerne einmal unter die Busfahrenden gemischt, eine Stadt lernt man erst dann kennen, wenn man ihre öffentlichen Verkehrsmittel benutzt.

Das Hotel liegt in einem großen Gebäudekomplex, zu welchem auch die Hallen gehören, in denen die Buchmesse stattfindet.

Die Vielzahl der ausstellenden russischen Verlage erstaunt mich. Eine ganze Halle ist der Kinderliteratur gewidmet, es gibt auch Ecken, in denen die Kinder malen und zeichnen oder Geschichten schreiben können. Noch nie habe ich eine so kinderfreundliche Messe gesehen. Eltern kommen erwartungsvoll mit ihren Kleinen an der Hand von der Bushaltestelle her, als gebe es hier einen Jahrmarkt. »Jarmarka« heißt übrigens Messe auf russisch, die Krasnojarsker Messe heißt abgekürzt KRRJAK, womit man auch das Schnattern einer Ente umschreibt.

»I know you«, sagt einer im Lift zu mir, und sagt mir meinen Namen. Er hat vor einem Jahr meine Lesung in Moskau gehört. Ich bin gerührt.

»I read a review of your book«, sagt mir ein anderer, mit beeindruckendem Haarschopf und schwarzen, mit Nieten beschlagenen Lederhosen, »not the book itself.« Ich verspreche, ihm the book itself zu geben, meine Erzählsammlung »President«, sehe ihn aber nachher nicht mehr.

Wer ist der kleine Mann mit den dicken Brillengläsern

und dem unruhigen Gang, der im Frühstücksraum nicht zu übersehen ist? Lev Rubinstein, sagt man mir, eine Legende, er sei Bibliothekar gewesen und habe seine kurzen Texte auf die Rückseite von Karteikarten geschrieben, sei auch mit einem Kästchen voller Karteikarten an seine Lesungen gekommen.

Ich begrüße ihn vor dem Kaffeeautomaten.

»Rubinstein!« sage ich, rufe es fast, und nenne meinen Namen und meine Herkunft.

Er nickt und sagt »Nice to meet you«.

Auch ihm will ich mein Buch geben, und auch ihn sehe ich nicht mehr.

Mein Roman »Gleis 4« wird in der russischen Übersetzung vorgestellt, der Moderator fragt, ob die Zahl 4 mit den 4 Landessprachen zu tun habe und ob ich die negativste Figur Meier genannt habe, um auszudrücken, dass es jeder von uns sein könnte.

Das Buch hätte zur Messe erscheinen sollen, ist aber erst nächste Woche lieferbar. Immerhin wird die Titelseite projiziert, »Platforma 4«.

Einen langen Mantel hätte ich hier gern gekauft. Die Mode von heute schreibt vor, dass es keine langen Mäntel für Männer mehr gibt, nur Jackenartiges, das oberhalb der Knie endet. In Sibirien, dachte ich mir, müssen sich die Menschen doch gegen die Kälte wappnen, da gibt es vielleicht lange Mäntel.

Vom Hotel aus ist die Leuchtschrift eines großen Einkaufszentrums zu sehen, mein Gewährsmann will mich dorthin begleiten. Der Gang ist jedoch schwieriger, als es aussah, immer wieder türmen sich Autohäuser vor uns auf, die man umgehen muss, Ford Center, Lada Center, Porsche Center. »Redut« steht bei Ford, ein Militärwort, eine Festung also, mit Autos bestückt. Als wir das Einkaufszentrum erreicht zu haben glauben, liegt dazwischen noch eine Autobahn, wir folgen ihr so lange, bis wir zu einer Treppe kommen, die zu einer Straße unter der Autobahn führt, wir steigen auf der andern Seite wieder hinauf und können das Einkaufszentrum betreten.

Und da sind alle da, die auch bei uns da sind, italienische, französische, deutsche Modeketten, und es wird mir klar, dass die Diktatur der kurzen Mäntel eine globale ist. Der einzige Unterschied zu unsern Einkaufszentren ist eine Etage mit einer Spielhalle für Kinder und Jugendliche, ich spiele mit meinem Gewährsmann eine Partie Tischhockey, die er locker gewinnt. Zuletzt kaufe ich mir eine russische Zahnpasta, und wir fahren mit dem Taxi ins Hotel und zur Messe zurück.

Auf dem Zehnrubelschein, dem kleinsten der russischen Geldscheine, ist die Kapelle auf dem Hügel über Krasnojarsk abgebildet, ein Wahrzeichen der Stadt. Als das Gerücht umging, die Zentralbank wolle die Zehnrubelnoten aus dem Verkehr ziehen und durch Münzen ersetzen, errichtete die Stadt vorsorglich ein Denkmal für den Zehnrubelschein. Den Schein gibt es allerdings immer noch, ich habe ihn mehrmals erhalten, er ist umgerechnet etwa 15 Rappen wert.

Und immer noch steht Lenin auf einem Sockel auf dem Platz der Revolution. Er verbrachte mehrere Wochen in der Stadt. Als er nach Sibirien in die Verbannung geschickt wurde, wartete er in einem Holzhaus auf seinen Weitertransport flussabwärts, nach Norden. Das Haus trägt eine Gedenktafel, ich glaube, in Zürich an der Napfgasse war es ihm wohler.

Der Fluss ist der Jenissei, einer der drei großen sibirischen Ströme. An seinem Ufer wuchs, in einem Dorf etwas außerhalb der Stadt, Viktor Astafjew auf, ein beliebter sibirischer Dichter, der 2001 starb. In diesem Dorf, Owsjanka, verbrachte er später die Sommer. Solschenizyn besuchte ihn hier, und auch Jelzin, wie leicht verwackelte Fotos zeigen. Für das Dorf ließ Astafjew eine Bibliothek bauen, die in ihrem Ausmaß weit über eine Dorfbibliothek hinausgeht und die heute zugleich eine Gedenkstätte für ihn ist. Von seinem kleinen Arbeitszimmer aus sah er den mächtigen Fluss, über den er auch Geschichten geschrieben hat. Viele der alten ländlichen Häuser am Ufer, die zum Teil farbig bemalt sind, sind zum Verkauf ausgeschrieben, »prodam« heißt »Ich werde verkaufen«. Sie werden von vermögenden Leuten erworben, die sie abreißen und an ihrer Stelle ein neues Haus bauen, in dem sie dann übersommern.

Der einzige Bibliotheksbesucher, den ich während unseres Besuchs sah, war ein Vater mit seinem Kind.

Gleich hinter der Stadt beginnen die Skigebiete. Die Skilifte und Sesselbahnen laufen schon, gebaut wurden sie von einer österreichischen Firma. Da es auch hier zu wenig Schnee gibt, haben die Österreicher gleich mit Schneekanonen nachgeholfen, 70 an der Zahl, wie wir hören.

Zurück in der Stadt, begegnen wir zwei traurigen bronzenen Kindern an der Friedensstraße. Sie erinnern an die 1500 Kriegskinder, die im Zweiten Weltkrieg aus dem belagerten Leningrad hierher evakuiert wurden.

Das getaufte Kindlein ist inzwischen in trockenen Tüchern.

Der Bote

Er wird von der Moderatorin aufgerufen, besteigt die Bühne aus der ersten Zuschauerreihe, man sieht unter der Jacke einen Streifen seines Hemdes, er geht zum Rednerpult und spricht über die Konflikte der Welt, und wie sie im Spannungsfeld der Literatur aufleuchten und auf eine andere Art sichtbar werden, er ist nicht rasiert, sein Hemd ist bis weit hinunter aufgeknöpft, sein Sprechen hat etwas Atemloses, als käme er gerade aus einem Bürgerkrieg in einem fernen Land, er kann nicht auch noch auf sich selbst achten, denn er ist als Weltbeobachter unterwegs, der uns den Spiegel vorhält, er braucht nicht selbst noch in den Spiegel zu schauen, es fehlt ihm die Zeit dazu, denn eine Rede, die er am Abend halten muss, schreibt er erst am Morgen, liest dazu noch zwei andere, vorher gehaltene Reden seiner Vorgänger, fasst zusammen, was an ihnen wiederverwertbar ist, liest dazwischen seine Mails, in denen er aus dem Kongo kritisiert wird, ruft einen befreundeten russischen Autor an und bittet ihn, unverzüglich an seiner nächsten Stückinstallation teilzunehmen, einem Sturm auf ein Parlamentsgebäude, und gibt am Nachmittag ein kurzes Interview, das sich auf anderthalb Stunden ausdehnt, weil er soviel zu erzählen hat von allen, denen er zuhörte, schnell spricht er und druckreif, wir bewundern ihn alle, für seine Produktivität und seinen Mut, sich mitten in das Weltgeschehen zu stellen, wo immer dieses geschieht, er ist ein Energiebündel, doch das Bündel rinnt irgendwo, da, am Knie rinnt die Energie durch den Unterschenkel in den einen Fuß, den er unablässig bewegt, während er mit der Moderatorin zusammensitzt, und unsere Ohren hören auf das, was er sagt, aber unsere Augen starren auf seinen Fuß, der ununterbrochen wippt, wegen der Energie aus dem Knie, und fast mehr als die Frage, was er mit seinen Worten meint, fragt man sich, was mit diesem Fuß gemeint ist, und er wird so sehr zum Zeichen für alles, was die Welt unregierbar macht, dass wir den Text dazu immer weniger brauchen und uns so lange dem Anblick des wippenden Fußes hingeben, bis wir merken, dass einer unserer eigenen Füße zu wippen beginnt, ja dass am Schluss die Füße des ganzen Saals einhellig und einverstanden mitwippen, dass die Nachricht des Boten also angekommen ist.

Gehen

Wenn wir unsere Füße für längere Strecken brauchen, dann ist es meistens zum Vergnügen. Gehen ist die menschlichste aller Fortbewegungsarten.

Wir suchen die Wanderwege, die Höhenwege, die Bergwege, wir suchen die gelben Wegweiser, die blauen Seen, die grünen Wälder.

Die paar hundert Meter bis zum Bahnhof, welche die Wanderung abschließen, meist asphaltiert, kommen uns unglaublich lang vor. Auf den Schulreisen wird dort zum Trost oft noch gesungen.

Aber nie kämen wir auf die Idee, auf einer Autobahn zu wandern.

Und nun sehen wir Bilder von Menschen, die in großen Gruppen auf der Autobahn gehen, um zu ihrem Ziel zu gelangen, und ihr Ziel heißt: Weg, weg von dort, wo wir herkommen, weg aus dem Elend.

Beklemmung ergreift uns beim Anblick dieser Menschen, Beklemmung und Verstörung, und die Hoffnung, sie gingen nicht einem anderen Elend entgegen.

Flüchtlingsmanifest

Flüchtlinge machen uns ratlos.

Uns geht es gut, und nun kommen Menschen, denen geht es so schlecht, dass sie keinen anderen Weg sehen als ihr Land zu verlassen, und wenn es noch so schwierig ist. Der Tod, dem sie zu entkommen versuchen, lauert ihnen auch auf der Flucht auf.

Flüchtlinge machen uns Angst, denn sie kommen aus einem Elend, das uns fremd ist.
   Wir vergessen, dass sie es sind, die Angst haben.

Wir fühlen uns von ihnen überfordert.
   Wir vergessen, dass sie es sind, die überfordert sind von den Verhältnissen in ihrer Heimat und von all dem, was sie auf sich genommen haben.
   Wir können uns nicht vorstellen, was es heißt, das Notwendigste zusammenzupacken und den Ort und das Haus, in dem wir gewohnt haben, zurückzulassen. Die Kinder mitzunehmen, obwohl gerade das Schuljahr begonnen hat, die Sprache zurückzulassen, in der wir zu

Hause sind, der Zukunft mehr zu vertrauen als der Vergangenheit und der Gegenwart.

Für uns sind Flüchtlinge vor allem eine Bedrohung.

Sie bedrohen die Selbstverständlichkeit unseres Normalbetriebs.

Wir vergessen, dass sie es sind, die bedroht sind, und dass sie deshalb kommen.

Flüchtlinge machen uns hilflos, denn sie sind es, die Hilfe brauchen.

Und wir wissen, dass wir sie ihnen geben könnten. Aber seit 1979 haben wir unsere Asylgesetzgebung fast 40 Mal revidiert und meistens verschärft.

Im Zweiten Weltkrieg hat sich die Schweiz mit dem Satz »Das Boot ist voll« zu schützen versucht. Rückblickend hat sich gezeigt, dass es im Boot durchaus noch Platz gegeben hätte.

Wir dürfen diesen Satz nicht nochmals zu unserm Leitsatz machen. Angesichts der mit Verzweifelten überfüllten Boote, angesichts der Ertrinkenden und Erstickenden gibt es nur eine Antwort: Großzügigkeit. Damit wir uns jetzt und später nicht zu schämen brauchen.

Kiew
ein Sonntagsspaziergang

Diese Stadt ist in mehr als einen Park eingebettet.

In einem davon steht ein Denkmal für den Holodomor, den Hungertod von 6 Millionen Menschen in den 30er-Jahren, der die Folge von Stalins erbarmungsloser Kollektivierung der Landwirtschaft war. Zwei trauernde Engel lassen den Weg zu einem Turm frei, dessen Mauern mit gekreuzigten Störchen geschmückt sind, und aus dem leise Glockentöne erklingen. Von der Plattform davor sieht man auf den Dnjepr hinunter, der von Wäldern gesäumt ist.

Auf einem der nächsten Vorsprünge erhebt sich ein Obelisk, der an die Gefallenen des 2. Weltkriegs erinnert; die hochrangigen Toten haben einzelne Steinplatten bekommen, die eine kleine Allee bilden.

Hinter dem Marinski-Park steht das Parlamentsgebäude. An der einen Seite der Eingangstreppe ist die ukrainische Fahne aufgezogen, auf der andern die europäische. Auf einem Marmorsims sind vier Fotos von kahl geschorenen Soldaten aufgestellt, mit Kerzenhaltern davor. Die ukrainische Geschichte der jüngsten Zeit ist eine verwirrliche Abfolge von Machtkämpfen, ich weiß nicht, ob die vier Soldaten das Parlamentsgebäude verteidigt oder gestürmt haben.

Im nächsten Park ein Gedenkstein für einen Soldaten, der 2004 ums Leben kam, im Jahr der orangen Revolution. Auf dem Kreisel des europäischen Platzes wechseln sich ukrainische und europäische Fahnen ab.

Über den Kreschatik erreiche ich den Maidanplatz. Eine riesige Leinwand bedeckt die Fassade eines Eckgebäudes, die Aufschrift verstehe ich mit meinen kargen panslawischen Sprachvorräten: Freiheit ist unsere Religion. Darunter eine gesprengte Kette.

Wer hat sie aufgehängt? Die Freiheit als Staatsreligion? Auf dem Maidanplatz wieder Erinnerungsfotos von Gefallenen, alle in Uniform, obwohl die ersten Toten der Demonstrationen Zivilisten waren. Fährt man vom Platz unter einer Kuppel mit der Aufschrift GLOBUS auf einer Rolltreppe in die Tiefe, findet man sich in einem gigantischen Einkaufszentrum auf zwei unterirdischen Ebenen wieder, die Lokale wurden von Gucci, McDonald's und Tommy Hilfiger ohne Blutvergießen erobert, und sie waren während der ganzen Besetzung des Maidan vor drei Jahren geöffnet.

Verlässt man den edlen GLOBUS-Teil durch eine Drehtür, steht man immer noch unter dem Erdboden, in einem schlecht beleuchteten Gewirr von Bazargässchen, in dem sich Imbissbuden mit Souvenirkiosken abwechseln. Einer davon bietet neben Babuschkas und Kühlschrankmagneten WC-Papierrollen mit dem Foto Putins an, eingerahmt von den Worten »Putin – Arschloch«.

Der Import von russischen Büchern ist, wie ich höre, verboten. Eine Kriegsmaßnahme – man befindet sich in einem Krieg mit Russland. 2600 Soldaten seien in diesem Krieg für die Freiheit gestorben, mahnt eine Tafel, und 9700 verletzt. Woran man das merke, frage ich meine Übersetzerin. Jeder und jede kenne jemanden, der eingezogen worden sei. Sie auch? Ja, ein Schulkamerad habe sich freiwillig gemeldet und sei im Krieg in der Ostukraine verschollen.

Neben der Treppe, die in den Untergrund führt, steht ein braun gebrannter Mann mit einer weißen Hippiefrisur, nur mit Shorts und Stiefeln bekleidet, geht immer wieder in die Knie, wie zum Angriff, streckt die Hände beschwörend aus und sendet auf einer Pfeife schrille Töne aus, ein Stadtheiliger oder ein Stadtnarr. Ungerührt fotografieren sich die Touristen zusammen mit Figuren, die in Tierkostümen umhergehen, und der nächste Abschnitt des Kreschatiks ist abgesperrt für ein Radkriterium.

Vor dem »Arsenal«-Gebäude, in dem die Buchmesse stattfindet, steht eine unglaublich lange Schlange. Das Lesen in der Ukraine scheint mir nicht gefährdet. Und der Volksmund auch nicht.

Die übermächtige sowjetische Statue der »Mutter Heimat«, die einen Stab hochhält, wird »Die Köchin« genannt, und das runde Hotel, in dem ich wohne, »Die Handgranate«.

Usbekistan

Noch nie musste ich vor einem Buch die Schuhe ausziehen.

In der Barak-Chan-Moschee in Taschkent liegt auf einem Altar eine Abschrift des Koran aus dem 14. Jahrhundert, niedergeschrieben vom Heiligen Osman, ein Buch von gewaltiger Größe. Der fromme Skriptor soll, so die Legende, am Ende der Niederschrift von einem Ungläubigen ermordet worden sein, die Blutspuren seien auf einigen der Pergamentblätter noch erkennbar.

Bücher und Dichter werden verehrt in Usbekistan. Die erste Metrostation, die ich betrete, ist nach Gafur Gulom benannt, der im 20. Jahrhundert gelebt und geschrieben hat, die Station, an der ich aussteige, nach dem Klassiker Alishem Navoij. Diese gleicht einem Palast, mit Säulen, hohen Gewölben und Mosaiken, auf denen die Helden seiner Epen abgebildet sind, unter anderem Alexander der Große. Navoij lebte im 15. Jahrhundert, auf einem Denkmal im Park, der ebenfalls seinen Namen trägt, wird er als Sultan des Wortes gerühmt. Einsam steht er da, als ich in der Abenddämmerung an ihm vorbeigehe. Alle zum Denkmal Erstarrten müssen auch nachts aufrecht stehen bleiben und können sich weder setzen noch hinlegen.

Was ich von der usbekischen Literatur halte, fragt mich eine Fernsehjournalistin, und als ich meine völlige Unkenntnis eingestehe, fragt sie fast verzweifelt, ob ich denn nicht »Shum Bola« von Gafur Gulom kenne, und ich bin froh, dass ich wenigstens die U-Bahn-Station kenne. Ob ich glaube, dass die Sprachen mit der Globalisierung verschwinden werden, fragt sie weiter. Ich denke an das Rätoromanische, das nicht durch die Globalisierung, sondern bloß durch die Deutschschweiz gefährdet ist, und sage, eine Aufgabe der Literatur sei es vielleicht, durch die Sprache etwas zur Identität der Menschen beizutragen.

Ich wundere mich, wie viele Menschen hier Deutsch lernen oder unterrichten. Wie wäre wohl der Zulauf, gäbe es an unseren Universitäten Lehrgänge und Seminarien für usbekische Sprache und Literatur? Seit über 20 Jahren wird das Usbekische wieder in lateinischer Schrift geschrieben, aber noch sieht man viele Aufschriften und auch viel Werbung in kyrillischen Buchstaben. Über die Sowjetzeit wird gesprochen wie über etwas längst Vergangenes. Der Islam wurde ebenso unterdrückt wie das Christentum, doch die meisten Moscheen blieben stehen. Sie sind von einer unwahrscheinlichen Eleganz, in der Beleuchtung nachts gleichen sie Opernkulissen.

Das Stück, das sie vor Jahrhunderten schmückten, hieß »Die Seidenstraße«. In Qarshi erhebt sich eine schmucklose Halbkugel aus dem Boden. Sie bedeckt einen Brunnen, an dem früher die Kamelkarawanen getränkt wurden. Die Menschen, die sich um ihn herum lagern, sitzend und kniend, sind nicht mehr die Kameltreiber der Seidenkarawanen, sondern Studenten und Studentinnen der Kunsthochschule, die alle diesen Brunnen skizzieren oder aquarellieren, die Stimmung ist fast andächtig, eine Lehrerin geht zwischen ihnen herum und murmelt ihre Kommentare.

In Teilen des Landes wird das Wasser knapp. Auf den Mineralwasserflaschen in Usbekistan steht »Nestlé«.

In einer Moschee in der Nähe des Brunnens singt ein Imam eine Koransure. Seine wohlklingende Stimme lädt ein, in einer anderen Zeit Platz zu nehmen.

In einem meiner Theaterstücke kommt Samarkand als Traum- und Sehnsuchtsstadt vor, als ein Ort, an den man nie hinkommt. Jetzt bin ich da und erzähle von einem Land, das für die meisten Menschen in Samarkand ein Traum- und Sehnsuchtsort ist, an den sie nie hinkommen. Eine Frau, welche die Übersetzung meiner »Spaziergänge« gelesen hat, sagt, jetzt könne sie sich die Schweiz vorstellen.

Samarkand wird mit Q geschrieben, Samarqand.

Der erste langjährige Präsident des Landes ist erst vor Kurzem zum Denkmal erstarrt. Er genießt immer noch großes Ansehen, man kann ihn auf Postkarten kaufen oder als Magnet an den Kühlschrank kleben. Vom neuen Präsidenten erhoffen sich viele, dass er die Faust der Strenge etwas lockert. Seit es private Radio- und Fernsehstationen gebe, sei die Kontrolle der Meinungsfreiheit durchlässiger geworden, höre ich. Aber noch müssen alle neuen Bücher der Zensur vorgelegt werden; ein Buch ist eben etwas Besonderes, etwas, mit dem man sich in Gefahr begibt, etwas, vor dem man die Schuhe ausziehen muss.

Ein anderes Land

Ich gehe durch den Capetta-Wald im Hochtal Avers, zwischen Lärchen und Arven, die zum Teil sicher doppelt so alt sind wie ich und sich gemeinsam durch ein Leben an der Baumgrenze kämpfen und einander manchmal stützen müssen, der Tannenhäher verkündet mein Kommen, und es ist mir, als betrete ich ein anderes Land mit eigenen Düften und eigenen Gesetzen, weit entfernt vom menschlichen Regelwerk mit Taktfahrplänen und Versicherungspolicen, und wenn ich durch dieses Land gehe, werde ich nach und nach ein anderer, ein Gast des Wipfelrauschens, ein Gast des Stämmeknarrens, ein Gast der Wurzeln, ein Gast der Langsamkeit.

In der Bäckerei

Ich sitze in einem mit »Bäckerei« angeschriebenen Lokal, in dem man auch Kaffee trinken kann. Mein Blick durch die Fensterfront, die bis zum Boden reicht, fällt auf ein großes Schild »ALDI Süd«. Es weist auf das Einkaufszentrum daneben hin, wirkt aber fast wie eine Ortstafel. Gegenüber preist sich der Automobilsalon Bellmann mit flatternden Škoda-Fahnen an, gleich im Anschluss locken in einem grauen Industriegebäude »KÜCHEN GREU-LICH«, hinter dem Kreisel vor der Bäckerei ist die gelbe Muschel einer Shell-Tankstelle zu sehen sowie ein Burger King Drive-in. »Wir sind Ihr kompetenter Partner für PKW's und Nutzfahrzeuge« steht im Schaufenster des Autohändlers neben dem Einkaufszentrum. Ein großes Poster im kleinen Gastraum unterstreicht das Besondere der Bäckerei. Zu den Worten »Echt natürlich! Seit 1963« beißt ein Junge aus dem letzten Jahrhundert in ein Butterbrot. Die Fruchtrahmschnitte und der große Cappuccino, den ich an der Theke geholt habe, kosteten zu meinem Erstaunen bloß 3 Euro 50. »Heute haben wir Angebot«, sagt der Bäcker lächelnd.

Wo bin ich, in Wiesloch oder in Wisconsin? Ich lese

ein Kapitel in einem Buch des amerikanischen Entertainers Trevor Noah über seine Kindheit in Südafrika. Die Schilderungen der Kirchgänge, zu denen er sonntags seine Mutter begleiten musste, sind überaus komisch, die Szenen mit den Morden zwischen verschiedenen Stammesangehörigen erschreckend. Seine Mutter war Schwarze, sein Vater war Schweizer, eine Verbindung, die als kriminell galt, und der kleine Trevor war ein verbotenes Kind.

Als ich die Bäckerei verlasse, sehe ich auf ihrer Rückseite einen Stand, an dem frische Erdbeeren und Spargeln angeboten werden, und in der Mitte des stark befahrenen Kreisels sowie auf den seitlichen Grünstreifen zwischen Autostraße und Fußgänger- und Fahrradweg wachsen zwischen langen Grashalmen Wiesensalbei, Lupinen, Mohn und Raps und wiegen sich im Wind, unsern Augen und den Bienen zuliebe. Meine Augen freut es, Bienen sehe ich keine.

Appenzell

Immer, wenn ich ins Appenzellerland fahre, habe ich das Gefühl, ich komme in ein fremdes Land. Diese Hügel, auf denen einzelne Bauernhäuser sitzen, diese Miniaturen von Häusern, die mit Schindeln verkleidet sind, dieser Mangel an Hochhäusern, der ab und zu durch ein altes Kloster kompensiert wird, die Kleinheit als Gestaltungsprinzip, kleinere Gebäude, kleinere Landschaften, kleinere Menschen.

Klein ist auch der Zug der Appenzeller Bahn von Gossau nach Wasserauen, er besteht nur aus 3 Wagen.

Ich sitze im Wagen an der Spitze des Zuges, der zweigeteilt ist in ein kleines Abteil der ersten und ein größeres der zweiten Klasse. In der 1. Klasse liegt auf jedem Vierer- und Zweierabteil eine Appenzeller Zeitung. Da ich schon im Zug von Zürich nach Gossau eine Tageszeitung gelesen habe, verschmähe ich sie und lese ein paar Seiten von Robert Walser, an den ich beim Halt in Herisau denke, wo er die letzten 23 Jahre seines Lebens verbracht hatte. In Gontenbad merke ich, dass ich noch schnell auf die Toilette sollte, sehe, dass es draußen vor dem Abteil 1. Klasse keine gibt, öffne die mit einem Holzimitat verkleidete Türe zur 2. Klasse, was einigen Passagieren auffällt, sehe, dass es auch dort keine Toilette gibt, will einen Wagen weiter und stoße auf eine Tür, auf welcher steht »Durchgang nur für Bahnpersonal«. Aha, denke ich, da ist keine Notdurft vorgesehen, weder für die normale noch für die gehobene Klasse, im Appenzell verklemmt man das; ich möchte nicht durch einen Regelverstoß auffallen und gehe durch das 2. Klasse-Abteil zurück. Dort scheinen sich die einen zu wundern, warum ich schon wieder zurückkomme, die anderen lächeln, weil sie wissen, warum.

In Appenzell, wo ich eine Abmachung im Kunstmuseum habe, die ich nicht mit der Frage nach einer Toilette er-öffnen möchte, gehe ich auf dem Bahnhof der Anzeige »WC« nach. Dieses befindet sich in einem Nebengebäude. Ein sehr gut gekleideter Herr strebt, vom Bahnhofvorplatz her kommend, demselben Ort zu und verschwindet pfeifend hinter der Eingangstür, die ich gleich danach eben-falls aufstoße. Eine Treppe führt in ein Untergeschoss, die erste Tür ist mit dem Damenzeichen versehen, die zweite ist offen. Auch hier herrscht das Kleinheitsprinzip, es sind nur zwei Pissoirschüsseln drin, sehr eng nebeneinander, das Pfeifen verstummt, ich murmle dem Herrn, der schon vor der ersten Schüssel steht, einen Gruß zu, den er leicht verlegen erwidert, und betrete, um eine zu große Nähe zu vermeiden, das WC-Abteil, versuche es zu schließen, was nicht gelingt, also stemme ich den Fuß gegen die Tür, klappe den Deckel auf und pinkle stehend in die Schüs-sel. Die Nähe bleibt trotzdem, und es ist für zwei Unbekannte eine unpassend intime Nähe, denn sie sind über die bekannten Geräusche des Wasserlassens miteinander verbunden; allerdings erzeugt eine Pissoirschüssel ein leiseres Geräusch als ein Klo mit einer Wasserlache, ich bin also der lautere, somit auch schamlosere von uns beiden, es ist sogar so, dass ich nicht ganz sicher bin, ob der andere nicht durch meine Anwesenheit so gehemmt ist, dass er seinen Strahl gar nicht losgeworden ist; wie auch immer, der elegante Herr ist vor mir fertig und verlässt das Pissoir, wohl bemüht, mir nicht mehr zu begegnen, auf der Treppe nimmt er sein Pfeifen wieder auf, und als ich aus dem WC-Abteil komme, sehe ich erst, dass ich hätte Geld einwerfen müssen, deshalb konnte ich die Tür nicht verschließen. Erleichtert breche ich zu meiner Abmachung auf, schultere meine Tasche, in der ich ein Bild von Carl Liner jun. trage, und beginne, während ich die Treppe hochsteige, ebenfalls zu pfeifen.

Die Geschenkkarte

Er wünsche sich, dass ich in gemütlicher Runde mit einem guten Tropfen auf seine Veranstaltung anstoße, schrieb der Initiator einer Gesprächsreihe, für die ich mich zur Verfügung gestellt hatte, zur coop-Geschenkkarte im Wert von 200 Franken, die es anstelle eines Honorars gab.

Und so stand ich etwa zwei Monate später im Einkaufszentrum vor einem Regal, das der eigentlichen Verkaufsfläche vorgelagert und mit speziellen Weinen bestückt war, die als Aktion angepriesen wurden. Es waren beachtliche Namen und Jahrgänge dabei, deshalb beschloss ich, mich hier zu bedienen und nicht bei den eigentlichen Weingestellen. Auf einem Zettelchen begann ich mir die Preise der Flaschen zu notieren, die ich in meinen Wagen legte, also 3 x 32.50 für einen Château Belgrave aus dem Haut-Médoc, oder 52.20 für einen Château de Laussac, bei einem hochkarätigen Rioja, der nicht angeschrieben war, musste ich mich an der Kasse nach dem Preis erkundigen, denn ich wollte möglichst genau auf 200 Franken kommen.

Schließlich stellte ich nach einem Gang durch die ganze weitläufige Ladenlandschaft 6 erlesene Weinflaschen vor die Kassiererin, die alle über ihren Scanner schob, und als sie das Resultat bekannt gab, 202.60, kramte ich aus meinem Portemonnaie 2.60 heraus und legte ihr die Geschenkkarte hin. Ein Blick von ihr genügte, und sie gab sie mir mit den Worten zurück, die gelte nur für coop@ home, also bei einer Bestellung für eine Hauslieferung. Das war mir entgangen, da es so nicht auf dem schmucken kleinen Folder stand, in dem das Kärtchen gesteckt hatte.

Während der nächsten Sekunden, in denen ich die Überraschung verarbeiten musste, überlegte ich mir, was es bedeuten würde, den Kauf zu stornieren und die Flaschen wieder auf das Aktionsregal zurückzubringen, musterte die Schlange der Kunden und Kundinnen hinter mir, sagte dann lächelnd: »Ach so«, und überreichte der Kassiererin zwei Hunderternoten, die ich für einen größeren Einkauf bei mir hatte, lud die Flaschen in mein Einkaufswägelchen und machte mich auf den Heimweg.

Am nächsten Abend luden wir unsere Nachbarin zum Essen ein, ich erzählte ihr die Geschichte und öffnete den Château de Laussac, es war nicht nur ein guter, sondern ein hervorragender Tropfen, den wir, wie es der Veranstalter gewünscht hatte, in gemütlicher Runde austranken. Bloß auf seine Gesprächsreihe stießen wir nicht an, sondern auf unsere gute Nachbarschaft, und dass ich den Wein selbst bezahlt hatte, weil ich wieder einmal in eine Gutscheinfalle getappt war, machte ihn eher noch besser.

Es dauerte nochmals zwei Monate, bis ich mich aufraffte, die Geschenkkarte via Internet einzulösen, ein qualvoller und zeitraubender Vorgang, bei dem man sich durch ein Gestrüpp von PIN-Codes, Kundennummern und sechzehnstelligen Kartenziffern durchkämpfen muss, aber tags darauf wurde der Wein tatsächlich geliefert, und es bleibt mir jetzt ein Guthaben von 1.40 auf meiner Geschenkkarte, das noch 36 Monate gültig ist, ich habe also genügend Zeit, mir ein Säcklein Pommes Chips oder eine Tafel Schokolade nach Hause bringen zu lassen.

Der Satz des Tages

Sie haben sich erfolgreich vom coop@home Newsletter abgemeldet.

Balkongärtner

»Asylbewerber«, brummt der Rentner, als er die Pflanzen in den Blumenkisten seines Balkons gießt. Zwei Tomatenstauden sind ihm eingegangen, und an ihrer Stelle sind zugeflogene pfirsichblättrige Knöteriche aufgeschossen, haben ihren Stängelwirrwarr auszubreiten begonnen und lassen ihre Blätter kraftlos und vorwurfsvoll hängen, sobald sie auch nur einen halben Tag lang ohne Wasser bleiben. »Kommt ungefragt von irgendwoher, verdrängt die Einheimischen und braucht dann Sozialhilfe ...« Aber er bringt es nicht fertig, die Pflanzen auszureißen und versorgt sie jeden Tag mit Wasser.

In einem andern Kistchen ist eine Tomatenstaude gewachsen, die er nicht gesetzt hat, sie ist so üppig in die Höhe geschossen, dass er sie mit Schnüren um einen Bambusstab binden musste, und nimmt nun geradezu groteske Formen an, ihre Krone sieht aus wie eine wilde, üppige Frisur. Es ist schon zu spät im Jahr, als dass aus den wenigen kleinen Blüten noch Tomaten werden könnten. »Schöne Frau ohne Kinder«, murmelt er, gibt ihr einen ganzen Liter Wasser und geht dann an den Duftnesseln, den australischen Gänseblümchen und den Sanvitalien vorbei, bevor er beim einzigen Tomatenstrauch steht, an dem einige wenige gelbe Cherrytomätchen hängen. Ein Teil seiner Blätter fängt bereits an zu welken, er knapst jedesmal einige ab, was dem Strauch ein immer jämmerlicheres Aussehen gibt. »Wenigstens einer, der arbeitet«, sagt er, während er ihn mit dem Wasser tränkt, das er eigens in einer PET-Flasche in der Herbstsonne stehen ließ.

Fünf Gepäckstücke

»Wir müssen uns einfach besser merken, wieviel Gepäckstücke wir haben beim Reisen«, sagte der ältere Mann zu
seiner Frau, »damit wir nicht schon wieder einen Schirm
vergessen.«

Sie saßen an der Postautohaltestelle in den Bergen, nach
einem vierwöchigen Ferienaufenthalt.

»Einverstanden«, sagte die Frau.

»Also, es sind fünf«, sagte der Mann.

Sie stiegen ein und luden ihre Gepäckstücke in den
Wagen.

Bei der Haltestelle, an der sie mit ihrem Gepäck ausstiegen und auf den Anschlussbus in 20 Minuten warte-
ten, setzten sie sich und aßen ein kleines Picknick.

Nach einer Weile stand der Chauffeur vor ihnen. Er war
mit dem Postauto umgekehrt und fragte sie, ob der große
schwarze Rucksack ihnen gehöre.

»Natürlich«, sagte der Mann, holte ihn aus dem Wagen
und bedankte sich.

»Was war jetzt das?« fragte die Frau, indem sie in ihr
Käsebrot biss.

»Falsch gezählt«, sagte der Mann, »es waren sechs.«

Small Talk

»Und was machen Sie im normalen Leben?« fragte ich bei der Vernissage eines befreundeten Malers eine Frau, mit der ich am Aperotisch ins Gespräch gekommen war.

»Ich arbeite in einem Tonarchiv«, sagte sie.

Was sie denn da genau zu tun habe, wollte ich weiter wissen.

Sie bewege Tonbänder, antwortete sie, und fuhr auf meinen fragenden Blick gleich weiter, um sicher zu sein, dass sich die Tonbänder nicht verkleben, müsse man sie von Zeit zu Zeit vor- und zurückspulen.

Oh, sagte ich, da höre sie bestimmt jede Menge interessanter Dokumente.

Leider nein, entgegnete sie, sie müsse die Bänder einfach in der höchsten Geschwindigkeit laufen lassen, ohne dass sie sie abhören könne, das genüge, um die Qualität sicherzustellen.

Ob denn das überhaupt noch nötig sei, fragte ich, das sei doch wohl alles auch auf CD's oder auf Festplatten gespeichert.

Mit einem ernsten Lächeln, das mich als Ahnungslosen entlarvte, sagte sie, weder mit CD's noch mit Festplatten oder Clouds habe man vergleichbare Langzeiterfahrungen, und von Fachleuten seien immer wieder Warnungen zu hören, was die Haltbarkeit dieser Medien betreffe.

Da habe sie ja eine verantwortungsvolle Aufgabe für unser kulturelles und historisches Gedächtnis, sagte ich, zufrieden, dass mir diese Formulierung in den Sinn gekommen war.

»Verantwortungsvoll schon«, sagte sie, »aber – «

»Aber?«

»Aber langweilig.« Sie seufzte und ließ sich noch ein Glas Prosecco geben.

Das Konzert

Ein Freund nahm mich letzthin zu einem ungewöhnlichen Konzert mit. Der Name des Solisten sagte mir nichts, auch vom Konzertsaal hatte ich noch nie etwas gehört. Er lag etwas außerhalb der Stadt und war in einer stillgelegten Halle der Wasserversorgung eingerichtet worden, die man erreichte, indem man eine Treppe hinunterstieg. Die Sessel waren bequem, vorne war eine Bühne, auf der bloß ein Klavierstuhl stand, aber kein Instrument.

Das Publikum, das sich nach und nach einfand, war bemerkenswert ruhig, kein Gemurmel wie sonst so oft vor dem Beginn einer Veranstaltung, und als ich meinen Freund flüsternd nach einem Programmheft fragte, hielt er den Finger an die Lippen und reichte mir ein Blatt, auf dem unter dem Namen des Solisten als Konzerttitel »tacet« gedruckt war, und in der Mitte »Pause nach dem dritten Satz«. Sonst war das Blatt leer.

Der Solist betrat nun die Bühne, er trug einen schwarzen Anzug mit weißem Hemd ohne Krawatte und verneigte sich kurz, ich erhob schon meine Hände zu einem Applaus, aber mein Freund stupfte mich an und schüttelte nur stumm den Kopf. Der Solist setzte sich auf den

Klavierstuhl, schaute in die Richtung, in der sonst ein Flügel stehen würde, legte dann die Hände in den Schoß und senkte den Kopf. In dieser Haltung verharrte er fast eine Viertelstunde. Im Saal war es vollkommen ruhig während dieser Zeit. Erst als er sich kurz erhob, hörte man das eine oder andere Räuspern oder Hüsteln, aber sobald er sich wieder setzte, diesmal mit dem Rücken zum Publikum, wurde es mucksmäuschenstill. Leicht vorgebeugt blieb er etwa zehn Minuten sitzen, ohne dass irgendein Ton erklang, kein Geräusch, weder auf der Bühne noch im Saal. Für den letzten Satz setzte er sich so, dass er in die entgegengesetzte Richtung blickte wie am Anfang, diesmal hob er den Kopf und schaute nachdenklich nach oben. Nach weiteren zehn Minuten absoluter Stille stand er auf, verbeugte sich ganz leicht und verließ die Bühne; wir standen auch auf und begaben uns ins Foyer, und während ich an einem Weinglas nippte, hörte ich, wie hinter mir eine Frau sagte, der zweite Satz habe ihr am besten gefallen.

Nach der Pause setzte sich der Solist frontal zum Publikum auf seinen Stuhl, verschränkte die Arme, schloss die Augen und blieb etwa eine halbe Stunde in dieser Stellung, und im Saal hätte man eine Stecknadel fallen gehört. Dann atmete er tief ein, stand auf und verbeugte sich. Alle Zuhörenden standen ebenfalls auf, und als der Solist die Bühne verließ, blieben sie so lange still stehen, bis er nochmals herauskam, und diese Zeremonie wiederholte sich ein drittes Mal.

Dann wurde das Licht auf der Bühne gelöscht, das Publikum strebte dem Ausgang zu, wir nahmen schweigend unsere Mäntel an der Garderobe entgegen, und erst als ich mit meinem Freund auf der Traminsel stand, wagte ich ihn zu fragen, ob er noch etwas essen komme, doch als wir eine Pizzeria in der Nähe betraten, lief dort eine gefällige Hintergrundmusik mit südländischen Schlagern, die uns beide sofort wieder hinaustrieb.

»Siehst du«, sagte mein Freund zu mir, »diese ständigen unerträglichen Beleidigungen unserer Ohren, das ist es, was immer mehr Menschen in solche Konzerte zieht, in denen es um nichts als das Hören der Stille geht.« Während wir die paar Schritte zur Traminsel machten, merkte ich, dass ich mich eigenartig gestärkt fühlte, gereinigt fast, und ich fragte meinen Freund, wann das nächste Konzert in dieser Reihe stattfinde.

»Am Sonntag in einer Woche«, sagte er, »das Trio ›Stille Wasser‹, drei Frauen, so etwas hast du noch nie gehört.« Ob er möglicherweise noch eine Karte hätte, so wie heute? Im Blick und der Antwort meines Freundes schwang Mitleid mit, als er mir sagte, leider nicht, und gerade dieser Abend sei schon seit einem halben Jahr ausverkauft.

Ein guter Grund

»Und wieso haben Sie gerade mich festgenommen?« fragte der unbescholtene 25-jährige Psychologiestudent, als sich der Verdacht gegen ihn als grundlos erwiesen hatte und man ihn aus der einwöchigen Untersuchungshaft entließ. Er verstand immer noch nicht, was er mit den sadistischen Morden zu tun haben sollte.

»Sie waren eben«, antwortete der Untersuchungsrichter, »sehr unauffällig.«

Der Schwimmer

Als er wie jeden Samstag im Hallenbad die Badekappe und die Schwimmbrille anzog, um seine zwanzig Längen zu crawlen, fiel ihm nichts Besonderes auf, und auch als er merkte, dass das Wasser heute zwei bis drei Grad wärmer war, dachte er sich nichts dabei.

Die erste Länge schien sich dann aber ungewöhnlich hinzuziehen, auch wurde es um ihn herum langsam dunkler, zudem setzte eine leichte Strömung ein, die ihn sachte vorwärts trieb, und da er seinen Rhythmus ungern unterbrach, schwamm er mit seinen kräftigen, weit ausholenden Armbewegungen weiter und genoss es sogar, dass sein Fortkommen unterstützt wurde, und was sollte schon sein, er war ja im städtischen Hallenbad und war vielleicht in einen neu eröffneten Eventabschnitt geraten, von dem er nichts gewusst hatte, dafür sprachen auch die Fanfaren, die nun unter Wasser zu hören waren, etwas gepresst und verzerrt klangen sie, und es überraschte ihn nicht, als das Licht jetzt langsam wiederkam, bis er ganz von tiefblauem Wasser umflutet war, und dass dieses nun salzig schmeckte, passte zum Bild, hatte er nicht kürzlich etwas von einem Meeres-Indoor-Swimmingpool gelesen, also freute er sich über das Licht und den sanften Wellengang und crawlte ohne innezuhalten weiter und weiter, und erst als die untergehende Sonne das Meer blutrot färbte, setzte er seine Bewegungen ab, schaute sich um und fragte sich, wo er die dunkle Insel mit den Zypressen, dem Boot und den weißen Gestalten, die ihm mit langsamen Gebärden zuwinkten, schon einmal gesehen hatte.

Die Beschwerde

Als Gott mit dem ersten Teil der Schöpfung zu Ende war, war er recht zufrieden damit. Vor allem das Streben nach Gleichgewicht, das er der Natur eingegeben hatte, schien ihm eine gute Sache.

Erst mit dem Menschen kam eine gewisse Unruhe und Unordnung in den ganzen Betrieb, und so schuf er die Zahlenreihe.

Er machte gute Erfahrungen damit. Die Menschen teilten das Jahr in 12 Monate ein, und einen Tag in 24 Stunden, sie standen um 6 Uhr auf, gingen um 7 Uhr zur Arbeit, machten um 9 Uhr eine Pause, aßen um 12 Uhr zu Mittag, begaben sich um 17 Uhr wieder nach Hause, und alles, was sie taten, wurde regelmäßiger und berechenbarer.

Doch nach einer Weile kam die 8 zu ihm und beschwerte sich.

»Alle Zahlen haben eine Bedeutung«, sagte sie, »nur ich nicht.«

»Wie das?« fragte Gott und beugte sich etwas vor.

»Also«, sagte die 8, »z. B. steht die 1 für den Anfang, die 2 für die Dualität, Mann und Frau, hell und dunkel, gut und böse, die 3 für die Dreieinigkeit, die 4 für die 4 Jahreszeiten, die 5 für die 5 Sinne, die 6 für den 6. Sinn, die 7 für die 7 Todsünden, die 9 für die 9 Musen, die 10 für die 10 Gebote – nur ich stehe für nichts.«

Gott beugte sich noch weiter vor.

»Mag sein, dass du für nichts *stehst*«, sagte er, »aber du brauchst dich bloß hinzulegen, dann bist du unendlich.«

Sofort legte sich die 8 hin und räkelte sich im Licht ihrer Unendlichkeit, während sich Gott zurücklehnte, froh, dass ihm das noch in den Sinn gekommen war.

Strafvollzug

Ein Eisberg kam nach seinem Tod in die Hölle, weil er einmal zwei Schiffbrüchige hatte ertrinken lassen.

»Soo«, sagte der Teufel händereibend, »was machen wir denn mit Ihnen?«

»Alles, nur nicht schmelzen«, sagte der Eisberg zitternd.

Der Teufel setzte ihn höhnisch auf ein Förderband, das ihn in einen Kessel plumpsen ließ, unter dem ein munteres Holzkohlenfeuerchen glomm.

Als der Eisberg unter Höllenqualen geschmolzen war, wurde der Kessel über eine Hängeschiene in ein Kühlhaus gefahren und so lange dort gelassen, bis aus dem geschmolzenen Wasser wieder ein Eisberg wurde, worauf er erneut über das Feuer gehängt wurde, bis er wieder geschmolzen war, und so ging das nun über Jahre.

Da sich aber die Eisbergmoleküle durch den ständigen Wechsel des Aggregatszustandes sehr schnell verändern, hatte der Eisberg bald jede Erinnerung an seine Vergangenheit verloren.

»Hallo«, rief er dem Teufel zu, als er ihn einmal mit einem Thermometer an seinem Kessel vorbeigehen sah, »worum geht es hier eigentlich?«

»Weiß ich nicht«, sagte der Teufel, denn auch seine Moleküle veränderten sich durch die herrschende Hitze so stark, dass er jeweils schon nach kurzer Zeit ein ganz anderer wurde.

»Können Sie mich hier nicht rauslassen?« fragte der Eisberg.

»Nein«, sagte der Teufel und schüttete noch einige Kohlen nach, »ich muss nur dafür sorgen, dass die Temperatur stimmt.«

Er blickte wieder auf sein Thermometer und ging zufrieden nickend weiter, während der Eisberg stöhnend schmolz.

Schläfer

»Hinlegen möchte ich mich«, sagte der erste Wanderer zum zweiten.

»Ich auch«, sagte der zweite zum dritten.

»Oh ja«, sagte der dritte zum vierten.

»Ich wache über euch«, sagte der vierte, als sich die drei hingelegt hatten.

Alle vier schliefen sogleich ein, da kniete sich der fünfte hin, um sich auch etwas auszuruhen, aber bald sank ihm der Kopf vornüber, und auch er verfiel in einen tiefen Schlummer.

Die Königstochter, die dazu ausersehen ist, sie zu wecken, ist noch nicht geboren.

Gefunden!

Ein Prinz suchte einmal eine Prinzessin, aber er fand keine. Da gab er in der Zeitung ein Inserat auf, Prinz sucht Prinzessin zwecks späterer Heirat. Hast du Freude am Wandern, Lesen, Musikhören und an einem Königreich?

Unter den Zuschriften, die er bekam, interessierte ihn vor allem eine, in der eine Silvia schrieb, sie wäre gern seine Prinzessin, denn sie teile seine Freude am Wandern, Lesen und Musikhören. Das Königreich sei ihr weniger wichtig.

Als sie sich in einem italienischen Restaurant trafen, fanden sie sogleich Gefallen aneinander, gingen zusammen auf eine Wanderung, auf der sie sich gegenseitig Geschichten vorlasen, und besuchten am Abend ein Konzert.

Silvia war etwas überrascht, als der Prinz die Rede auf sein Königreich brachte, denn sie hatte das Ganze für eine Redensart gehalten. Aber da er ihr wirklich gefiel, sagte sie, wenn es unbedingt sein müsse, nehme sie auch das Königreich. Die beiden heirateten, und sie wurde eine erstaunlich gute Königin, obwohl sie nur eine Lehre als Bauzeichnerin gemacht hatte.

Zur Trauung

Ein Hoffnungsschimmer und eine Scheidungsquote trafen sich in der Eingangshalle der Stadtverwaltung.

»Wissen Sie, wo's hier zum Standesamt geht?« fragte der Hoffnungsschimmer.

»Zweiter Stock, Zimmer 201«, krächzte die Scheidungsquote, »soll ich mitkommen?«

»Danke«, sagte der Hoffnungsschimmer, »ich glaube, ich gehe lieber allein«, glitt leise die Treppen hinauf und kam gerade noch recht, um einen zarten Glanz auf das Brautpaar zu werfen, als dieses lächelnd seine Ringe tauschte.

Kenia

Kenianische Dörfer werden an uns vorbeigezogen, lauter Stände, Hütten, Baracken und kleine Läden sind nebeneinander aufgereiht, zum Teil nur aus Latten und Plastikplanen oder Wellblechdächern zusammengesetzt, mit marktschreierischen Aufschriften, »Highway Pork Center«, oder über dem Eingang eines halb verfallenen Häuschens »Modern Inn Hotel«; vor einer Schranke, hinter der nichts zu sehen ist, »God's mercy carwash«. Dem Betreiber einer »Macho butchery« möchte man lieber nicht begegnen, da ginge man doch lieber in die »Digital butchery«, was immer dort feilgeboten wird.

Die Straße gehört in einem Maße den Fußgängern, wie wir das schon längst nicht mehr kennen, die Menschen gehen mit gelben Kanistern zu den Wassertanks, sie tragen Bündel von Holz auf dem Rücken oder Säcke mit Kartoffeln auf der Schulter, sitzen zu viert auf einem Motorrad, das über die vielen Straßenschwellen holpert, in jedem Dorf sitzen ein paar junge Männer unter einem Baum oder auf einer Kreuzung und warten mit ihren bunt bemalten Motorrädern auf Kunden für Taxidienste, ihre »Boda Bodas« sind ein unentbehrlicher Teil des öffentlichen Transports. Unzählige Kirchen machen auf sich aufmerksam, die Katholiken sind da und die Anglikaner, alle Abkömmlinge der Protestanten, von den Methodisten über die Neuapostolen bis zu den Adventisten, die Evangelikalen sind nicht zu übersehen und nicht zu überhören, an einem Sonntag hört man im Vorbeifahren die leidenschaftlichen Stimmen der Prediger aus den Lautsprechern, orchestriert von an- und abschwellenden Choralgesängen aus der nächsten Kirche, in der Gott unter anderem Namen verehrt wird. Wohin sind wohl all die Masken, Trommeln und Schamanenkleider verschwunden, die uns in Scharen ins Rietbergmuseum ziehen? Ist es möglich, dass Jesus sie alle in die Flucht geschlagen hat?

Der Grund unserer Reise ist ein familiärer. Einer unserer Söhne hat eine Kenianerin geheiratet, und jetzt besuchen wir die Familie seiner Frau.

In der Familie ihrer Mutter, bei der wir auf dem Land zu Gast sind, wird vor dem Essen ein Gebet gesprochen, nach dem Essen ebenfalls, und vor dem Abschied fassen sich alle, die da sind, an den Händen, bilden einen Kreis, und mit einem Dankesgebet wird unsere Zusammenkunft abgeschlossen. Mit dabei sind auch die Verstorbenen, denn sie werden im Boden beerdigt, auf dem sie gelebt haben, und sie bleiben als stille Mitbewohner bei ihrer Sippe. In vielen Dörfern gibt es deshalb keine Friedhöfe.

Der ausladende Baum mit den Macadamia-Nüssen, unter dem wir auf dem Rundgang durch das bäuerliche Grundstück stehen, wurde auf dem Grab einer Vorfahrin

gepflanzt. Tee, Kaffee, Avocados, Bohnen, Mais, Kartoffeln, Maniok, Kühe, alles trägt zum Einkommen und zur
Selbstversorgung bei. Es ist das Gegenteil von Monokultur.

Das Land erstreckt sich bis in die Stadt. In Nairobi suchen magere Kühe zwischen dem Abfall in den Straßen-
gräben nach letzten Gräsern, auch Ziegen und Schafe von
Nomaden sind zu sehen, aber gleich dahinter stehen Glas-
bauten und Einkaufszentren, »Airport View Hotel« oder
»Carrefour«. Aus den Lastwagen entweichen schwarze
Giftwolken, Zisternenwagen mit der Aufschrift »CLEAN
WATER« wirken wie eine Verheißung. In den wohlhaben-
den Quartieren füllen sie die Tanks auf den Dächern auf,
um das Wasser aus den Leitungen zu ergänzen. In den ver-
nachlässigten Vierteln ist das Wasser rationiert, durch die
Leitungen wird einmal pro Woche Wasser in die Vorrats-
zisternen gepumpt, aber der Druck reicht nicht bis zum
3. Stock der Mehrfamilienhäuser, und die Leute müssen
das Wasser selbst die Treppen hinauftragen und es in großen Eimern in der Wohnung aufbewahren. Unten im Hof
hat jede Wohnung einen eigenen Wasserhahn mit eige-
nem Zähler, denn gratis ist das Wasser nicht, und wer
nicht bezahlt, bekommt eine Buße.

Ich fotografiere die Wasserhähne, diese eigenartige Ver-
sammlung von Metallhälsen, die aus dem Boden ragen;
gerne würde ich auch die Straßendörfer fotografieren,
aber ich bin nicht allein im Auto, es geht alles zu schnell.

Später, im Meru Nationalpark, wo wir mit einem Fah-
rer unterwegs sind, gelingt mir das eine oder andere Bild,

Giraffen, Zebras, Wasserbüffel, eine Nashornmutter mit ihrem Jungen, eine Elefantenfamilie beim Wässern und Sandduschen, eine Schar von Geiern vor einem frischen Aas, aber als später die zwei Löwen an mir vorbeispazieren, die das Tier wohl gerissen haben, erscheint statt dem Bild auf dem Display der Vorschlag »Bilder zwischen Kameras übertragen«. Bis die Schrift weg ist, sind auch die Löwen weg. Ich verfluche die Firma Canon, die mir bei jeder Gelegenheit irgendwelche technischen Nutzlosigkeiten einspielt, statt mich einfach fotografieren zu lassen. Zugleich frage ich mich, woher der Magnetismus kommt, ein Bild zu machen, wenn man einen Fotoapparat dabeihat. Wieso schaut man nicht einfach hin und freut sich? Noch nie habe ich Löwen von so Nahem gesehen, ich habe mich sogar gefürchtet, denn der Jeep unseres Fahrers war offen und hatte keine Scheiben.

Das einzige Wort aus dem Suaheli in der deutschen Sprache ist Safari, und es heißt Reise.

Wenn eine Frau heiratet, gehört sie von da an nicht mehr zu ihrem Stamm, sondern zum Stamm ihres Mannes. Die Frau meines Sohnes gehört jetzt zu unserem Stamm. Ich als Vater bin der Stammesälteste und komme zur überraschenden Einsicht, dass ich nun auch ein Kenianer bin und bei den Marathonläufen nicht mehr vergeblich auf den Sieg eines Schweizers zu hoffen brauche.

Globalisierung

 Brockhaus/Commission

Brockhaus Kommissionsgeschäft GmbH, Kreidlerstraße 9, D-70806 Kornwestheim
Telefon: +49 (0)7154-13270   Fax: +49 (0)7154-132713
UStID: DE146124076   GLN: 4260144410004
E-Mail: bestell@brocom.de   Internet: www.brocom.de
VN.: 14160   EORI: DE4019016

Brockhaus/Commission Kreidlerstr. 9 70806 Kornwestheim

Franz Hohler
Gubelstr. 49
8050 ZÜRICH
ARGENTINIEN

Sonntagabend

Ich gehe mit drei Briefen zum Postbriefkasten, bevor dieser um 18 Uhr geleert wird, und werfe sie ein. Dann mache ich mich auf den Weg zum Bahnhof. Bei der Hofwiesenstraße schaut eine Asiatin mit einem Rollkoffer suchend in ihr Handy, dreht dann den Kopf in verschiedene Richtungen, bevor sie sich entscheidet, die Hofwiesenstraße hinauf zu gehen. Ich dachte eigentlich, sie wolle hinunter zum Bahnhof. Vor der Ampel beim Restaurant Baumgarten, einer Liegenschaft, die schon lange geschlossen und deren eine Türe eingeschlagen ist, bleibe ich stehen, weil sie auf rot geschaltet hat. Neben der kaputten Tür hängt hinter einem Fenster noch ein Vorhang mit einer Seidenstickerei, auf der zwei Storchenpaare zu sehen sind. Als immer noch kein Auto kommt und auch kein Kind in Sicht ist, gehe ich über die Straße. Auf der andern Seite steht ein Mann, blickt suchend in sein Handy und dreht den Kopf in verschiedene Richtungen, aber da er mich nicht fragt, biete ich ihm auch keine Auskunft an. Dann überquere ich die Hofwiesenstraße, und vom Bahnhof kommt mir ein tamilischer Familienvater entgegen, der suchend in sein Handy blickt und den Kopf in verschiedene Richtungen dreht. Zwei Schritte hinter ihm folgen seine Frau und sein Kind.

Auf dem Treppengeländer zum Untergeschoss des Bahnhofs Oerlikon teilt eine Reliefschrift mit: Max Frisch Platz 2–10. So heißt der Platz auf der andern Seite des Bahnhofs. Es gibt dort neuerdings ein Sommer-Restaurant unter offenen Zeltdächern, das »Zum frischen Max« heißt, und in dem man »Max Burger« und »Max beyond Burger« essen kann. Hinter dem zweiten Burger steht in Klammer »Vegi«. Mir kam in den Sinn, dass der Rahm in unserm Kühlschrank ausgeht, und im kleinen coop-Laden, der von morgens halb sechs bis nachts um viertel vor zwölf geöffnet hat, hole ich zwei Portionen Halbrahm, für die ich zuhinterst ins Regal greifen muss, nachdem ich schon einen Vollrahm ins Körbchen gestellt hatte, weil ich dachte, der Halbrahm sei ausgegangen. Drei Fläschchen Prosecco aus Italien nehme ich dazu, und zwei Tafeln Schokolade, eine dunkle mit Orangengeschmack für meine Frau und eine Nussschokolade für mich. Drei Menschenreihen warten vor drei Kassen, an der einen Kasse ist ein unerfahrener Junger, deshalb stelle ich mich in die Schlange, die zu einer Frau mit erfahrenem Aussehen führt. Eine Jugendliche weiter vorne bezahlt ihre zwei Getränke mit einer Karte, die man nur kurz an das Kassengerät halten muss, damit der Betrag sofort abgebucht wird. Der Mann vor mir kauft einen Schokoladeriegel und ein Bier und bezahlt mit einer Zweihunderternote frisch aus dem Automaten. Ich bezahle in bar, aber die Brille fällt mir von der Nase auf das Portemonnaie und auf die kleine Brieftasche mit meiner Supercard, die Frau sagt mütterlich »Nicht pressieren«, ich pressiere trotzdem, da hinter mir schon drei Leute stehen; auf dem Kassenzettel sehe ich, dass die Kassiererin einen schwer aussprechbaren Namen hat. Auf dem Heimweg gehe ich zur Bankfiliale am Marktplatz. An der Ecke bei der Parkhausausfahrt des »swissôtels« steht ein großer dürrer Mann und schaut suchend die Straße auf und ab. Ich biege zur Migros Bank und überlege mir einen Moment, ob ich mich in Acht nehmen muss, wenn ich den Raum mit den Bancomaten betrete, denn der Marktplatz wird umgebaut, ist voller Absperrungen und menschenleer, und der dürre Mann wirkte etwas unberechenbar. Dann schiebe ich aber meine Karte in den Schlitz, drücke meinen PIN-Code, den ich fast auswendig weiß, und verlange 1000 Fr. in gemischten Noten. Es kommen vier Zweihunderter und zwei Hunderternoten heraus, ich stecke die Karte und den Beleg in das Brieftäschchen, das Geld in die Hosentasche, drücke auf den Knopf, der die Türe zischend öffnet, schaue mich kurz um und betrete entschlossen den leeren Marktplatz.

Als ich durch das Gartentor eintrete, beginnen die Abendglocken zu läuten; ich schneide noch ein paar Äste des Ligusterbusches ab, die in den Weg hineinragen, werfe sie in den Grüncontainer, und gehe dann zufrieden ins Haus, als käme ich von einer großen Reise in die Welt zurück.

Sternennacht

Wenn wir in unserm Haus in den Bergen sind, lassen wir nachts immer die Lampe neben der Tür brennen, zum Zeichen, dass wir da sind.

Ich erwache um halb zwei und kann nicht mehr einschlafen. Es ist eine klare Nacht, ich ziehe die Schuhe an und gehe ein paar Schritte vors Haus, um in den Himmel hinauf zu schauen. Man fühlt sich hier oben näher beim Weltall, ein Nachbar der Milchstraße fast. Ist es das Zurücklegen des Nackens, das mir einen leichten Schwindel verursacht, oder der Schauer der Unendlichkeit? Der Große Wagen, das einzige Sternbild, das ich mit Sicherheit erkenne, berührt mit seinen Rädern schon die Bergkette, hinter der er bald versinken wird.

Ich wundere mich, wie stark das Licht der Sparlampe leuchtet. Dann drehe ich mich um und zucke zusammen. Auf der ansteigenden Wiese vor dem Haus steht ein riesiger schwarzer Mann. Er muss mich die ganze Zeit beobachtet haben.

Es dauert eine halbe Sekunde, bis ich merke, dass es mein eigener Schatten ist.

Der Schreck dauert länger.

Die Karawanserei

Dieses Gebäude gehört den Maschinen. Menschen dürfen sich nur hineinbegeben, wenn sie mit der Pflege und dem Unterhalt der Maschinen zu tun haben. Betriebsfremde Besucher werden so sorgfältig ausgewählt, dass sie das Gefühl eines Privilegs haben. Sie passieren eine biometrische Sicherheitsschleuse, eine Kontrolle, die jener an den Flughäfen um nichts nachsteht. Ihre Identität geben sie ab, hineinnehmen dürfen sie nichts. Dann gehen sie unter großen Deckenrohren durch lange Korridore, die von farbigen Schränken flankiert sind, aus denen ein leises Summen dringt, ab und zu passieren sie Türen mit Aufschriften wie »Kälte ZZ«. Was immer die Aufgabe der Maschinen ist, sie müssen gekühlt werden.

Der Besucher hört von unterirdischen Wasserbassins mit ganzen Seen von Regenwasser, das nach oben gepumpt wird und dann als Kühlregen auf die Maschinenräume rieselt. Die Unterhaltssysteme, vernimmt er, sind alle zweifach vorhanden, er darf, mit Ohrenstöpseln ausgerüstet, einen Raum betreten, in dem wie ein gefangenes Tier ein Hochleistungsgenerator brüllt, welcher im Fall einer Panne innerhalb von 6 Sekunden auf 100 Prozent der Leistung wäre und mit einer gigantischen kinetischen Batterie versehen ist, die alle im ersten System gespeicherten Daten nochmals speichert. Eine externe No-Break-Anlage würde dafür sorgen, dass in den 6 Sekunden keine Daten entwischen können. Das Zauberwort für die Unzerstörbarkeit heißt Redundanz, und das ganze System wird als desastertolerant bezeichnet, ein etwas kokettes Adjektiv für das Abwenden einer Katastrophe.

Und eine Katastrophe kann man sich in diesem Gebäude nicht leisten, denn von hier werden unter vielen anderen die Datenmassen von Bundesbahn, Telefon, Post und Großbanken in die richtigen Bahnen gelenkt. Die elektronischen Diener der Datenreiche sind unter dem Namen Server bekannt. Betritt man einen der ihnen zugedachten Räume, hat man sofort das Gefühl, man störe. Tatsächlich erfasse ein Sensor die Temperaturveränderung durch den eintretenden Besucher und würde, läge sie oberhalb des Tolerierbaren, eine Reaktion der Kühlung auslösen. Die Diener arbeiten selbständig, sie blinken gut gelaunt, während sie ihre Daten empfangen, weiterleiten, austauschen und in die Speicher spedieren, die ihnen gegenüber stehen. Die gelben Kabel, die in den verschiedensten Buchsen stecken und wie Schmuckketten ihre metallenen Oberflächen verzieren, lassen einen Rest von Materie erahnen, nach welchem der Besucher, aufgewachsen in einer Zeit, als man sich noch Briefe auf Papier schrieb, heimlich sucht, obwohl er gerade erfährt, dass das Wort Festplatte, an dem er sich lange noch als etwas Greifbarem festhielt, bereits am Verschwinden ist. Gespeichert wird zunehmend in körperlosen Clouds, Wolken also, die er sich fälschlicherweise außerhalb des Gebäudes vorstellt, über den Rechenzentren schwebend wie Nebelstreifen aus Goethes Erlkönig. Aber auch sie sind Bewohner des Maschinenhauses und schleichen unsichtbar durch die menschenleeren Gänge. Was uns öd und unwirtlich vorkommt, ist in Wirklichkeit äußerst gastlich, Hosting und Housing wird angeboten, eine Karawanserei für Daten auf der Durchreise oder zum Bleiben, 5000 Diener sind um Häuslichkeit und Beherbergung besorgt und verbrauchen dafür die Energie einer mittleren Kleinstadt.

Zahlen werden genannt, deren unfassbare Größe man augenblicklich wieder vergisst, Ausdrücke wie Gigabytes, Terabytes oder Exabytes stehen für eine Anzahl von Nullen, die man nicht mehr zählen kann, aber fest steht: in den wenigen Minuten, die der Besucher bei den Dienern verbringt, leiten diese unendlich viele Anfragen weiter, geben Beschwerden ab, überbringen Liebesbriefe, verschicken Drohungen und Beschimpfungen, stellen Rechnungen aus und bezahlen sie auch, kaufen Aktien, befördern Passagiere, geben Öffnungszeiten bekannt, übermitteln Röntgenbilder, verbreiten News, bieten Hotels und Flüge an, sagen das Wetter voraus, machen auf Veranstaltungen aufmerksam, geben Wikipedia-Auskünfte, führen Netflix-Filme vor, geben YouTube-Konzerte, liefern Google-Apps, zeigen ungerührt Enthauptungen und Kinderpornographie, locken mit Sexangeboten, Kreditversprechungen und Lotteriegewinnen, schicken das alles durch ihre Glasfaserleitungen zu den Empfängern und lagern es in ihren Cubes, und solange die Blinklichter grün und blau sind, ist für genügend Durchfluss und Stauraum gesorgt, erst wenn die roten Lämpchen zu leuchten beginnen, runzeln sich Stirnen in einem weit entfernten Control Center, bei den Vorgesetzten und Auftraggebern der Diener, die wiederum höheren Auftraggebern unterstellt sind, und man muss sich dort Maßnahmen überlegen, wie die Diener zurechtgewiesen werden müssen, damit sie ihre Aufgabe erfüllen können, denn wehe, wenn ein Wolkentänzer mit einem Datenpaket abstürzt und im bodenlosen virtuellen All verschwindet.

Aber eigentlich hat der Besucher das Gefühl, dass beim Weltuntergang, wenn einmal die Alpen zusammenbrechen und die Meere überschwappen und die ganze Menschheit deleten, die Diener ungestört weiter arbeiten werden, fröhlich blinkend und sirrend, denn sie brauchen uns nicht.

Als er sich wieder im Vorraum findet, wo einem eine erste Synopsis über den Betrieb gegeben wird, steht dort ein Angestellter vor dem großen Wandbildschirm, hantiert mit einem Fernbedienungsgerät, ohne dass der Schirm ein Bild hergibt, und sagt ratlos zum Führer des Besuchers: »Er bockt.«

Odessa

Ich war gespannt auf diese Stadt, als wäre es mein erster Besuch.

Dabei war ich schon einmal da, vor 100 Jahren. Konstantin Paustowski, der russische Dichter, hatte mich auf einer abenteuerlichen Fahrt mitgenommen, auf der wir nur knapp dem Überfall einer Räuberbande entgingen. Ich habe bei ihm in einer verlassenen Nervenheilanstalt in der Tschernomorskaja Straße gewohnt, habe mit ihm die winzigen Firinka-Fische gegessen und habe ihm geholfen, in Arkadija Holz zu stehlen, damit er den Ofen in seinem bitterkalten Zimmer heizen konnte. Wegschauen musste ich, als er zusah, wie Aberhunderte von Menschen über die große Treppe zum Hafen hinunter hasteten, auf der Flucht vor der Roten Armee, die im Begriff war, die zaristischen Truppen zu vertreiben. Viele wurden zu Tode getrampelt, viele stürzten, als sie sich über die Schiffsstege in die Dampfer drängten, samt ihrem Gepäck ins Meer und ertranken, Wehgeschrei vermengte sich mit Flüchen, das Durcheinander war grauenhaft.

Der Treppe bin ich später wieder begegnet, als der Regisseur Sergej Eisenstein die Menschen hinunterschickte, die bei der Revolution von 1905 die meuternde Besatzung des Panzerkreuzers Potemkin unterstützen wollten und dabei ins Feuer des Militärs gerieten. Unendlich lang schien sie, die Treppe, als der hochrädrige Kinderwagen zwischen den Verwundeten und Sterbenden hinunterhoppelte.

Heute hält sie der Erinnerung an den Film nicht ganz stand, man kann sie gefahrlos begehen, hinab und hinauf, dem bronzenen Duc de Richelieu entgegen, welcher der erste Gouverneur der Stadt war und nun von einem Sockel auf ein Hochhaus zeigt, das auf der Hafenmole errichtet wurde und einem die Sicht auf das Meer entzweischneidet. Es trägt den ebenso schlichten wie stolzen Namen »Hotel Odessa« und steht seit 10 Jahren leer.

Die Stadt wurde von einer Frau gegründet, der Zarin Katharina der Großen, und auf der Suche nach einem Namen entschied sie sich auf dem Umweg über Odysseus für Odessa. Ihre Statue steht auf einem Platz unweit vom ersten Gouverneur, unter ihr drücken sich vier Herren um die Säule herum, einer davon mit dem einzigen Verdienst, ihr Liebhaber gewesen zu sein. In der Sowjetzeit wurde das Denkmal abmontiert und durch eines für die Matrosen des Panzerkreuzers ersetzt; heute gehört Odessa zur Ukraine, und als man es zu Beginn unseres Jahrhunderts renovierte und wieder an seinen alten Platz stellte, protestierten die Nationalisten, da die Zarin bei ihnen als Feindin des ukrainischen Volkes gilt.

Selenski, der heutige junge Präsident der Ukraine, sagte nach seiner überraschenden Wahl in seiner Antrittsrede, jeder sei Präsident seines Landes. Diese Metapher als Aufruf zur Mitverantwortung gefiel mir, und ich zitierte sie in der Eröffnungsansprache, die ich am hiesigen Literaturfestival halten durfte. Tags darauf wurde das Telefongespräch Selenskis mit Trump veröffentlicht, und ich erfuhr in Gesprächen mit ukrainischen Kollegen, dass Selenski bei den meisten Kulturschaffenden keinerlei Unterstützung genießt. Seine Fernsehshows, mit denen er als Komiker bekannt geworden war, hätten vor frauenverachtenden, rassistischen und homophoben Sprüchen gestrotzt, und einer wie er könne sich niemals »Diener des Volkes« nennen, wie der Name seiner Partei lautet. Kein Wunder, ist er ein Verehrer Trumps und versucht sich ihm anzudienen – ich war auf der Suche nach einem Hoffnungsträger auf ihn hereingefallen.

Die Stadt gibt sich fröhlich und unbeschwert. Am Primorski Boulevard sind die Kastanienbäume und Platanen nachts mit vielfarbigen Lämpchen geschmückt, Perlenblitze zucken von einer Baumkrone zur nächsten, ab und zu zerplatzt eine herunterfallende Kastanie auf einem Autodach, von irgendwoher ertönen immer Saxofonklänge oder die tänzelnden Melodien eines Akkordeons, aus einem Karaoke-Lokal dringt Musik wie eine klebrige Zunge, um Passanten hereinzuziehen. »Crazy Dolls« und »Strip Clubs« preisen sich an, lässige junge Menschen sitzen vor den Straßencafés und rauchen Wasserpfeifen.

Odessa soll die europäische Stadt mit der höchsten Rate von HIV-Infektionen sein. Manchmal muss man einer jungen Frau ausweichen, die auf einem Pferd dahergeritten kommt. Sie bitte, wird mir gesagt, um Geld, damit sie Heu für das Pferd kaufen könne.

Es herrscht ein südlicher Frieden. Aber das Land ist im Krieg, im Donbass kämpft die Armee gegen die prorussischen Separatisten, und die Einfuhr russischer Bücher ist immer noch verboten.

Steinerne gelbe Halbkugeln am Boden sorgen dafür, dass man auf den Trottoirs nicht parken kann. Sie regten mich zu einem kleinen Märchen an, in dem sich unter der Kugel ein Zwerg erhebt und mit einer Frau schimpft, die ihrem Mann beim Parkieren hilft. Ihr Mann glaubt ihr nicht, steigt aus und gibt der Halbkugel einen heftigen Fußtritt, da erhebt sich darunter ein Riese, und die beiden fahren, so schnell sie können, davon und versuchen nie wieder, auf dem Trottoir zu parken.

Als die Lehrerin der Deutschklassen, vor denen ich gelesen hatte, zuletzt fragte, welche Geschichte ihnen am besten gefallen habe, riefen die Schüler einhellig: »Parken in Odessa!«. Damit hatte ich offenbar meine eigenen Klassiker geschlagen.

Auf der Rückfahrt von der Schule sehe ich vor einem Gebäude die Büste des rumänischen Dichters Mihai Eminescu und wundere mich. Ja, sagt mein Begleiter, das sei eine rumänische Schule. Seit der Gründung Odessas zog es Menschen aus verschiedenen Völkern hierher, Moldawier, Bulgaren, Rumänen, Griechen, Türken, Armenier – Ukrainer waren in der Minderheit. Prägend für die Stadt waren die Juden, die zu wiederholten Malen Pogromen ausgesetzt waren, und die Erschießung von 25 000 jüdischen Männern, Frauen und Kindern im Zweiten Weltkrieg innerhalb weniger Tage war eine Ungeheuerlichkeit. Sie wurde von den deutschen und rumänischen Besatzern im selben Gebäude organisiert, in dem das Literaturfestival stattfindet. Eigentlich, denke ich, müsste man die Stadt nachts weinen hören über das Leid, das hier in all den Jahren geschehen ist.

Auf einem Spaziergang vom Strand des Schwarzen Meeres zurück in die Stadt, von dem man immer wieder auf den geschäftigen, farbenfrohen Containerhafen sieht, kommen wir an einem mächtigen Palast vorbei. Es ist das chinesische Konsulat, das hier wie ein Brückenkopf der Seidenstraße über der Meeresbucht thront. Die Gruppen junger Männer in Matrosenuniformen, denen man immer wieder begegnet, fahren noch nicht zur See, sondern studieren an einer der Schulen für Schifffahrt.

Das Hotel »Londonskaja« ist ein Prunkbau aus dem 19. Jahrhundert, manche seiner Zimmer sind nach Persönlichkeiten benannt, die hier genächtigt haben, von Tschechow bis Majakowski, von Isadora Duncan bis Marcello Mastroianni. Sergej Eisenstein soll das ganze Drehbuch für seinen Panzerkreuzer-Film hier geschrieben haben. Höchste Zeit also, dass wir auch da waren; Durs Grünbein bin ich im Lift begegnet, Terézia Mora im Foyer, Andrej Kurkow an der Rezeption, und bei Maxim Biller war ich in der Lesung.

Die Kreutzersonate

Der Zug von Horb nach Tübingen falle aus, wird im Intercity nach Stuttgart mitgeteilt. Statt dessen fahre ein Ersatzbus vom Bahnhofvorplatz. Zusammen mit zwei Frauen und einem schwer hinkenden Asiaten warte ich auf dem besagten Platz, wo nur ein Ersatzbus nach Pforzheim steht. Als ich ins Bahnhofgebäude gehe, um zu fragen, ob und wann der Bus nach Tübingen kommt, fährt dieser draußen vor, ich eile zu meinem Rollkoffer und steige ein. Schon bald wird klar, dass ich den Anschlusszug nach Albstadt nicht erreichen werde, denn der Bus nimmt nicht den direkten Weg, sondern macht allerhand Bögen, bedient zwei Dörfer und die Stadt Rottenburg, bis er 20 Minuten nach der vorgesehenen Zugankunftszeit am Bahnhof Tübingen eintrifft.

Auf dem gelben Abfahrtsplakat sehe ich, dass mein nächster Zug in dreiviertel Stunden fährt; ich versuche die Veranstalterin meiner Lesung auf meinem neuen Handy anzurufen, es kommt keine Verbindung zustande, da sehe ich zu meiner Verwunderung eine noch nicht abgeschaffte Telefonsäule, neben der ein bärtiger Obdachloser mit vier überfüllten Plastiktüten sitzt und unablässig aus tiefster

Lunge hustet. Ich werfe einen Euro ein, und nun klappt es, und man weiß in der Stadtbücherei, dass ich eine Stunde später ankomme.

Eine heiße Schokolade und ein Imbiss wären mir willkommen, in der Bahnhofsgaststätte, in welcher der dumpfe Geruch eines nie gelüfteten Raumes schwebt, gibt es keinen Kuchen, ich gehe zum Burger King auf der andern Seite, dort riecht es unerträglich nach Pommes frites, schließlich nehme ich an einer offenen Bäckerei einen Birnenschmandkuchen und, da die Maschine keine heiße Schokolade hergibt, einen Cappuccino, setze mich an ein hohes Tischchen im zugigen Bahnhofsvorraum und beginne »Die Kreutzersonate« von Leo Tolstoi zu lesen. Eigentlich wollte ich »Eine Frage der Schuld« seiner als Schriftstellerin wenig wahrgenommenen Frau Sofia Tolstoi mitnehmen und wurde von meiner Frau darauf aufmerksam gemacht, dass die Erzählung als Antwort auf die »Kreutzersonate« geschrieben wurde, worauf ich zuerst diese lesen wollte.

Das Buch beginnt am zweiten Tag einer langen Bahnreise, und ich stieg mühelos in den Waggon des Erzählers ein, wo noch ein Platz für mich frei war. Schon bald hörte ich der nächtlichen Beichte eines Herrn zu, der sich zuerst in ein Gespräch einmischte, welches sich unter den Reisenden über Liebe und Ehe entspann, um dann dem Tolstoi-Ich seine Lebensgeschichte zu offenbaren.

Der Zug nach Albstadt erwies sich als eine sehr gut besuchte Regionalbahn, die an lauter Orten hielt, die auf

-ingen endeten, Dusslingen, Mössingen, Hechingen, Bisingen, Balingen, ich saß zuerst neben einer Russin, die sich auf Deutsch mit zwei Arabern unterhielt, die sie von der Arbeit kannte; als sie in einem der -ingen ausstiegen, setzten sich drei junge Afrikaner mit kühnen Frisuren auf die Plätze und plauderten laut und fröhlich in ihrer Sprache.

Nach meinem Auftritt in der Stadtbücherei und einer Pizza in einem italienischen Restaurant las ich im Hotel noch, wie die andern Fahrgäste einschliefen und nur der Mann mit der Lebensbeichte und der Erzähler wach blieben, worauf auch ich einschlief. Als ich morgens um drei erwachte und nicht weiterschlafen konnte, sprachen die zwei immer noch, das heißt vor allem das Gegenüber des Erzählers, das sich in konfusen Erörterungen und Theorien über das Verhältnis von Mann und Weib erging, über denen mir die Augen wieder zufielen.

Da ich am nächsten Tag, einem Sonntag, nachmittags um zwei Uhr mit meiner Frau, unsern zwei Nachbarskindern und unserer Enkelin in Zürich den Circus Monti besuchen wollte, nahm ich nach den Erfahrungen des Vortags den ersten möglichen Zug, der Albstadt um 6.25 Uhr verließ und in dem außer einer dick vermummten Frau und einem dunkelhäutigen Jugendlichen niemand saß. In Sigmaringen, wo ich umsteigen musste, hoffte ich am Bahnhof einen Kaffee zu bekommen. Aber dort war der Wartebereich um 7 Uhr noch geschlossen, und in einem Lokal mit dem Namen »AlfonsX«, das eher wie ein Nachtclub aussah, war zwar Licht, aber eine Frau, die dort den Boden wischte, beschied mir, sie seien noch am Aufräumen von letzter Nacht und öffneten erst um 10 Uhr. Es war knapp über null Grad und es nieselte, ich setzte mich im gedeckten Teil des Bahnsteigs 1 auf einen Container und las mit einem gewissen Neid, wie der Bekenner einen sehr starken Tee trank und dazu erzählte, wie er nach einem ausschweifenden Junggesellenleben in die Falle einer Hochzeit tappte.

Nach einer halben Stunde fuhr der Zug nach Donaueschingen ein, ich setzte mich in das winzige 1. Klasse-Abteil, schaute gelegentlich in der Morgendämmerung zum Fenster hinaus in ein nebliges Flusstal, das mir sehr romantisch vorkam, und hörte dem Mann zu, der übrigens Posdnyschow hieß, wie er von den ersten Zwistigkeiten mit seiner jungen Frau sprach.

Meine Hoffnungen auf einen Kaffee konzentrierten sich nun ganz auf den nächsten Umsteigeort, die große Kreisstadt Tuttlingen. Vergeblich, wie sich bald herausstellte. Der Bahnhof war noch trostloser als derjenige von Sigmaringen, die Warteräume waren zwar geöffnet, aber alle Kioske und Lokale geschlossen, von der Palmen-Bar bis zur Spielhalle (Mindestalter 18 Jahre), und als ich einem Pfeil folgend das öffentliche WC im unteren Stock aufsuchen wollte, hing dort ein zerstörter Münzautomat vor einer Gitterdrehtür, durch die ich nicht einzutreten wagte, aus Angst, nachher möglicherweise nicht mehr herauszukommen. So setzte ich mich oben auf einen Plastikklotz mit unbestimmter Funktion, aß als Frühstück den Apfel, den ich im Hotel mitgenommen hatte, zog dann meine Handschuhe an und erfuhr, dass der nächtliche Plauderer mit seiner Frau fünf Kinder gezeugt hatte, bevor sie vom Arzt ein Mittel bekam, das weitere Geburten verhindern sollte und sich nun wieder vermehrt der Pflege ihrer selbst widmen konnte, denn für die Kinder war eine Amme da. Die Auseinandersetzungen des Paares wurden heftiger und unerbittlicher, entbrannten schon wegen Kleinigkeiten und endeten mit wüsten Drohungen, Geschrei und zu Boden geschmetterten Gegenständen. Die Atmosphäre lud sich zusätzlich auf, als ein Geiger namens Truchatschewskij aus Paris zurückkam und begann, sich von Posdnyschows Frau auf dem Klavier begleiten zu lassen. Trotzdem wurde ein Hauskonzert organisiert, und besonders schrecklich wirkte auf den eifersüchtigen Zuhörer der erste Satz von Beethovens Kreutzersonate, der in ihm rätselhafte Empfindungen weckte, die er vorher nicht gekannt hatte.

Es fuhr nun ein Taxi vor und entließ drei Chinesen mit Koffern, die sich vorerst im Warteraum niederließen, das Taxi fuhr so schnell wieder weg, als wollte es diesem unwirtlichen Ort entfliehen. Nach fast vierzig Minuten Wartezeit begab ich mich zum Gleis 2, um den Zug nach Singen nicht zu verpassen. Auf Gleis 3 fuhr ein Triebwagen der Hohenzollernbahn ein, dessen Fahrziel mit Immendingen angeschrieben war; zu meinem Erstaunen setzten sich die drei Chinesen hinein, während unter zwei

Schwarzen mit Rucksäcken ein Wortwechsel entstand, der damit endete, dass sich der eine in den Immendinger Wagen setzte und der andere wieder die Treppe hinunter in die Unterführung rannte. Während ich mir überlegte, ob die Chinesen nicht eher auf den Zug nach Stuttgart wollten, der auf Gleis 4 angekündigt war, tauchte wie eine Erscheinung der Zug nach Konstanz auf, der mich bis Singen mitnehmen sollte.

Mir war so kalt gewesen, dass ich den Mantel gar nicht auszog und auch meine Wollmütze aufbehielt, was den gepflegten Passagier, der mir gegenüber auf seinem Laptop arbeitete, leicht zu irritieren schien. Auch Posdnyschow fror nun in seiner Geschichte so stark, dass seine Kinnbacken zitterten und seine Zähne klapperten, denn er war auf dem Heimweg nach Moskau, er hatte, von nicht nachlassender Eifersucht und üblen Ahnungen heimgesucht, eine Sitzung in der Kreisstadt abgebrochen und hatte 35 Werst zu Wagen und acht Stunden mit der Bahn zu fahren, um seine Frau mit seiner vorzeitigen Rückkehr zu überraschen, stieg in jeder Station aus und trank einen Schnaps.

Auf meiner nächsten Station blieben mir 7 Minuten bis zur Abfahrt des Zuges nach Zürich, und ich hastete durch die Unterführung zum Bahnhofshauptgebäude, wo ich mir bei einem Bäckereikiosk einen großen Cappuccino und ein Croissant geben ließ, mit denen ich wieder zurück auf Gleis 5 eilte und mich in einen Sitz auf der linken Seite des Wagens sinken ließ, um mir den Rheinfall nicht entgehen zu lassen.

In Posdnyschow staute sich bis zur Ankunft in Moskau Hass und Wut immer mehr, und als er mit einer Kutsche nach Hause gefahren war und dort um 1 Uhr nachts seine Frau mit dem Geiger beim Nachtessen antraf und dieser die Frechheit hatte zu sagen, sie hätten gerade musiziert, stürzte er sich auf seine Frau und stieß ihr einen Dolch zwischen die Rippen.

Als ich den Blick von der Mordszene hob, sah ich den Rhein zwischen den Felsen hinabdonnern, nach starken Regenfällen führte er eindrückliche Wassermengen mit sich, die Gischt stob von den Kaskaden hoch und vermischte sich mit dem Regennebel, während ein einsames Ausflugsboot langsam im großen Flussbecken seine Kreise zog.

Nach einer halben Stunde hatte der Mörder eine einjährige Gefängniszeit hinter sich, wurde darauf jedoch vom Gericht freigesprochen und hatte, bevor er die lange Eisenbahnfahrt antrat, gerade seine Kinder besucht, und ich traf kopfschüttelnd im Hauptbahnhof Zürich ein, freute mich auf den Zirkusbesuch und hoffte, Sofia werde in ihrer Erzählung ihrem wunderlichen Alten kräftig die Leviten lesen.

Dichterleben

Ich bin gerne Dichter.

Kürzlich, nach der Vorstellung eines befreundeten Komikerpaars, fragte mich im Foyer des Theaters eine Frau: »Haben Sie ›Homo faber‹ geschrieben?«

»Nein«, sagte ich, »von mir ist ›Der Besuch der alten Dame‹.«

»Eben«, sagte die junge Dame und nickte.

Ein Mann, der mir im Heilbad Andeer erklärte, wie man den Schlüsselbadge an das Garderobekästchen halten muss, fragte mich: »Herr Muschg, nicht wahr?«

Im Alter beginnen sich die Dichter zu gleichen.

Als Beat Brechbühl seinem Verlag ein Autorenfoto schickte, sagte man ihm, er sehe darauf eher aus wie ich. Daraufhin schenkte ich ihm zu seinem nächsten Geburtstag eine Fotosession mit einem Portraitfotografen. Als er dem Verlag sein neues Foto schickte, sagte man ihm, jetzt sehe er eher aus wie Adolf Muschg.

Vielleicht sollten wir alle nur noch ein gemeinsames Foto haben, das wir bei Bedarf an Verlage, Presse und Medien geben.

Kürzlich hatte ich in Heerbrugg einen Abend mit dem

Flötisten Matthias Ziegler. Nachher erinnerte mich eine Frau am Büchertisch daran, dass ich hier 1991 am Vorabend des Irakkrieges aufgetreten war und mit dem Publikum zusammen ›Dona nobis pacem‹ sang. Am andern Morgen, sagte sie, habe ihr Vierjähriger, der gefühlt hatte, dass etwas in der Luft lag, ihr altes Sofa angezündet, und sie hätten es in den Garten rausschmeißen müssen.

Je weniger in Kirchen gebetet wird, desto häufiger wird in ihnen gelesen. Nachdem wir Ton und Licht eingerichtet hatten, führte mich der Veranstalter über die Straße in das Kirchgemeindehaus, in das Zimmer, das als Garderobe diente, ein mit Tüchern ausgekleideter Raum, in dem zwei große Teddybären auf einem Sofa saßen und mich erwartungsvoll anschauten. Ich übte meine Ballade vom Weltuntergang, wie jedesmal, bevor ich sie irgendwo vortrage, und die beiden Teddybären hörten mir geduldig zu.

Zum nächstgrößeren Bahnhof brachte mich nach der Lesung ein Paar, das ich eingeladen hatte. Dass die Frau aus Bosnien stammte, wusste ich, seit wir uns kannten, doch erfuhr ich erst jetzt, auf dieser kurzen Fahrt, dass sie eine Kriegswaise war. Ihr Vater wurde 1945 von den Serben erschossen, und ihre Mutter, die sie mit 17 zur Welt gebracht hatte, starb kurz danach. Ihren Namen, Marija, hatte ich ohne zu fragen richtig geschrieben beim Widmen eines Buches, und sie erzählte, kürzlich beim Augenarzt hätte man ihr diese Schreibung durchgestrichen, den Namen schreibe man bei uns nicht so.

Die Kirche war voll, in einem kleinen Ort im Baselland; ein Bekannter sagte mir, sein Sohn habe ihn gefragt, warum ich wohl in so einem Kaff auftrete. Er weiß noch nicht, dass es keine Provinz mehr gibt. Jedes Kaff ist die Welt, und das lernt man als Dichter; eine Lesung, wenn sie gelingt, kratzt die Tapeten der Menschen auf, und darunter quellen Schicksale hervor, Geschichten rufen nach Geschichten, und ich höre zu.

Vor ein paar Tagen, vor dem »Bohemia« am Kreuzplatz in Zürich, blieb einer stehen, schaute mich an und fragte mich: »Franz Hohler?«

»Ja«, antwortete ich, worauf er fast entgeistert sagte: »Ich ha gar nöd gwüsst, dass Sie no läbet!«

Ich bin gerne Dichter.

Lebender Dichter.

Inhalt

Penguin Random House Verlagsgruppe FSC® N001967

1. Auflage
Genehmigte Taschenbuchausgabe November 2023
Copyright © 2020 Luchterhand Literaturverlag, München, in der
Penguin Random House Verlagsgruppe GmbH,
Neumarkter Straße 28, 81673 München
Umschlaggestaltung: semper smile, München,
nach einem Entwurf von buxdesign | München
unter Verwendung eines Motivs von © plainpicture/Ingrid Michel
Druck und Einband: GGP Media GmbH, Pößneck
cb · Herstellung: sc
Printed in Germany
ISBN 978-3-442-77368-8

www.btb-verlag.de
www.facebook.com/penguinbuecher

Franz Hohler

Der Enkeltrick

Erzählungen

160 Seiten, btb 77264

Was möchte die Frau vor der Wohnungstür, die doch eindeutig nicht die Postbotin ist? Warum sitzt Henri Martin mit einem Eispickel auf den Knien im Zug nach Zermatt? Wieso regnet es Steine in der Küche eines einsamen Alpenhotels? Und welches Geheimnis umgibt den Tisch im Ausflugslokal, der immer reserviert ist, an dem jedoch nie jemand sitzt?
Von den kleinen und großen Wundern des Alltags: elf meisterhafte Erzählungen von Franz Hohler.

»Das ist mal melancholisch, mal schelmisch, mal hinterlistig – und sehr vergnüglich.«
Luzerner Zeitung

»Die Grundierung ist immer tragikomisch, die erzählerische Oberfläche von einem das Absurde feiernden, grandiosen Humor.«
Münchner Merkur

btb